KB061488

최초의 대장장이 왕 이후로 300년이 지났다.

당신의 새 이름은 에이어리입니다.

서른두 번째 대장장이 왕이시여.

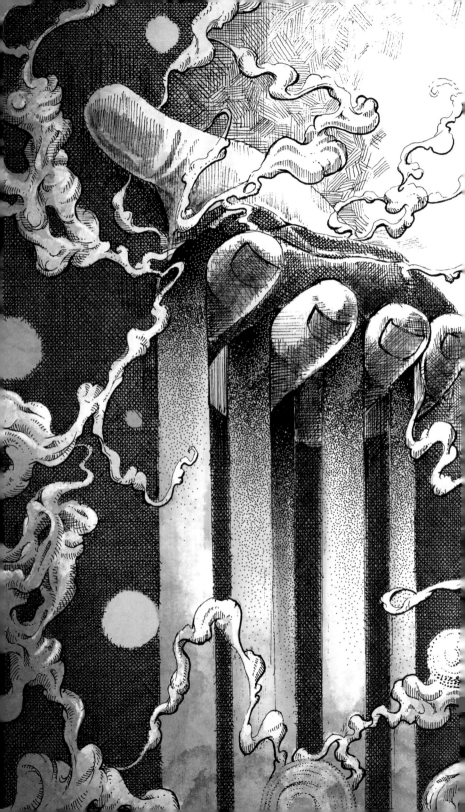

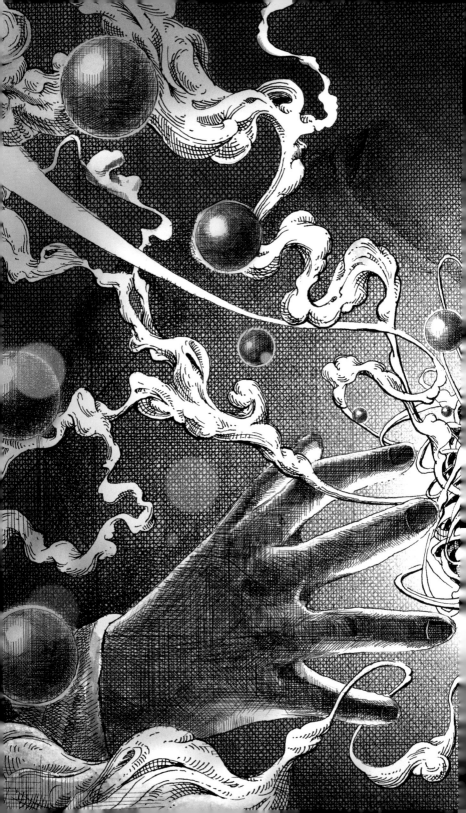

젤레즈니 여왕 데네브가 한 곳에서

새로운 별이 나타나기를 기다린다.

대장장이 왕 1

허교범 소설

위즈덤하우스

I

솜씨가 엉망인 레푸스가 쏜 화살이
그날따라 엉뚱하게 잘 맞는 일이 벌어진다

제국의 서쪽 끝에 작은 나라 하나가 매달려 있었다. 숲이 많아 숲의 나라라고도 불리는 이 나라의 진짜 이름은 스타인이었다. 제국 사람들에게 이 땅에 사는 사람들은 거칠고 성미가 고약하다는 편견이 널리 퍼져 있었다.

레푸스 스타인은 스타인 왕의 유일한 자식이었다. 그는 아침마다 아픈 아버지에게 문안을 드리러 침실을 방문했다.

그날 레푸스가 방에 들어섰을 때 아버지 무스텔라는 침대를 벗어나 초라한 의자에 앉아 있었다. 색이 바래고 천이 터진 의자는 왕은커녕 말단 신하가 앉기에도 부족해 보였다. 아버지가 그런 의자에 앉아도 어색하게 보이지 않는다는 점이 레푸스를 슬프게 했다.

―왔구나, 너도 좀 먹겠느냐?

아버지는 탁자 위 그릇에서 붉은 파르바 열매 하나를 집어 우적거리며 씹었다. 그 모습에 품위라고는 없었지만 보는 레푸스의 입에 침이 고이게 했다.

 -아니요, 신맛이 나서 별로 좋아하지 않습니다.

 -그러면서 이걸로 만든 술은 매일 그렇게 퍼마시는구나?
서 있지 말고 자리에 앉아라.

무스텔라는 맛을 즐기는 것이 아니라 그저 습관처럼 과육
을 씹고 있었다. 한 개를 다 먹자마자 씨를 내려놓고 곧바로
다음 것을 집어 들었다. 레푸스는 앉지 않고 가만히 서서 그
모습을 바라보았다.

무스텔라는 씨 네 개를 탁자에 내려놓고 나서야 말할 기분
을 내었다.

 -아들아, 나는 요새 고민으로 밤잠을 이룰 수가 없구나.

 -어떤 일로 고민하십니까?

 -외교 문제야, 외교 문제.

무스텔라는 병자답게 제대로 정돈하지 않아 짐승 털처럼
뻗친 회색 수염을 쓰다듬었다.

 -외교 문제라고 하시면.

 -그래, 망한 나라의 왕이 그런 문제로 고민하면 자식에게
도 이해받기 어렵지. 우리에게 아직도 그런 문제가 남아 있는
지 묻고 싶은 거냐?

병 때문에 성격이 날카로워진 사람에게 정곡을 찔린 레푸

스는 통통한 뺨에 홍조를 띠고 침묵을 지켰다.

─네 생각이 옳다. 벌써 몇 년째 찾아오는 사절이 한 명도 없어. 모두 황제의 눈치를 살피느라 스타인을 없는 나라 취급하고 있지.

파르바 열매는 술로 빚기 전까지 사람을 취하게 하지 못하는데도 무스텔라는 취한 것처럼 보였다.

─그런데 말이다. 황제도 아직 다른 나라의 눈치를 봐야 하는 처지야. 그래서 우리를 죽이고 나라를 완전히 없애지 못한 거다. 레푸스, 살아 있다는 것이 중요하다.

무스텔라가 과거의 총기를 잠시 되찾은 것처럼 눈을 치켜떴다.

─우리가 살아 있으면 이 나라도 언제든지 다시 일어설 수 있는 거야. 어차피 황제는 언젠가 한 번 크게 전쟁을 일으킬 테고 그러면 설욕할 기회가 오지 않겠니? 우리에게는 용감하게 싸워 이 땅을 할양받은 선조의 피가 아직 흐르고 있어. 너에게도 세 방울 정도는 남아 있지 않니?

─아버지, 제발 진지한 말씀 뒤에 그런 농담은 붙이지 마세요. 모두가 저만 보면 그 이야기를 수군거려서 견딜 수 없을 지경이라고요. 요새는 아예 오줌 세 방울 왕자라고 부르는 인간들도 있을 정도예요.

무스텔라는 헛헛하게 웃고 나서 다시 파르바 열매를 집어 들었다. 널따란 그릇 안에는 아직도 열매 대여섯 개가 남아 있었다. 레푸스는 파르바 열매가 전부 사라질 때까지 기다려야 할까 봐 조바심이 났다.

－그럼 이만 가 보겠습니다.

－잠깐만.

무스텔라는 남은 과육을 마저 베어 물고 씹어서 목구멍으로 넘긴 다음 제쳐 두었던 용건을 꺼냈다.

－티미두스 숲 근처 사람들이 자꾸 찾아온다는구나. 밤만 되면 괴물이 가축을 습격하는 통에 재산이 축나고 무서워서 살 수가 없단다. 그들은 손이 굽은 왕이라도 조치해 줄 거라고 믿고 찾아왔어.

－초승달 숲이요? 가축을 습격하는 괴물이라면 그런 작은 숲을 근거지로 삼지는 않을 텐데요? 설령 그렇다고 해도 민가를 습격해서 가축을 사냥하지는 않을 거예요. 괴물은 인간이 모여 사는 장소를 피하니까요.

－그래, 네가 존경한다는 그 박물학자 선생의 책에 나온 내용이겠지. 그도 우리 스타인 출신이라고 했던가?

－네, 제국 대학에서 쫓겨나 지금은 스타인으로 돌아와 계시죠.

-제국을 떠나 지금 스타인 땅에 있다고? 어째서 찾아가 보지 않은 거냐?

무스텔라는 충격적인 소식을 들은 사람처럼 반응했다.

-아버지, 잊으셨나 본데 저도 아버지와 마찬가지로 이 작은 영지에 연금된 상태입니다. 그렇지만 않았다면 곧바로 그분 밑에 가서 제자가 되었을 겁니다.

-아, 그랬지. 연금되지 않았다면 너는 그의 제자가 아니라 지금쯤 이 나라의 새로운 왕이 되었을 거다.

아버지는 다시 애국적인 연설을 늘어놓을 준비가 되어 있었고, 아들은 오전 시간을 다 날리기 전에 간신히 몸을 뺄 수 있었다.

왕이 이미 명령을 해 두어서 열 명의 병사들이 출격 준비를 마치고 뜰에서 왕자를 기다리고 있었다.

레푸스는 일단 방으로 돌아가 사냥복으로 갈아입었다. 굵은 허리띠 왼쪽에 신분을 상징하는 단검을 달고, 오른쪽 고리에 꽉 채운 과실주 한 병을 달았다. 그는 잠시 고민하다가 과실주 한 병을 더 챙겼다. 외모와 통 어울리지 않는 활과 화살통을 메니 대충 준비가 끝났다.

아까는 미처 보지 못했지만 병사들 사이에는 그들을 인솔하는 사람도 끼어 있었다. 왕의 곁에 남은 사람들 중에서 유일하게 군인이라고 부를 만한 사람이고 아버지가 가장 아끼는 충신의 이름은 마르쿠스였다.

─그대가 어떻게 이런 한가한 산책을 이끌게 되었지, 마르쿠스?

─왕자님은 아버님에 대해 잘 모르시는군요. 혹시 진짜 괴물이 나오면 장차 왕이 되실 분이 다치지 않을까 걱정하셨습니다.

레푸스는 어느 세월에 왕이 되겠어, 하고 비아냥대는 말을 내뱉는 대신 꿀꺽 삼켰다. 병사들의 대장인 동시에 한때 나라의 총리였던 그는 듣지 않아도 안다는 듯이 가볍게 웃었다. 마르쿠스는 머리에 붙다시피 한 짧은 곱슬머리에 손질한 콧수염이 잘 어울리는 멋쟁이였다. 머리가 길고 피부가 창백하고 술배가 나오고 털이 없어 매끈한 왕자와 정반대였다.

레푸스와 마르쿠스는 한 나라의 군대라기보다는 마을 사람들이 조직한 무장단처럼 초라해 보이는 작은 무리를 이끌고 출발했다. 병사들의 걸음에 속도를 맞추면 서너 시간은 가야 목적지인 작은 숲에 도착할 수 있었다.

레푸스는 병사들이 소풍이라도 나가는 것처럼 들뜬 마음으로 자기들끼리 떠드는 모습을 보았다. 영 마음에 차지 않는 병사들을 볼 때마다 옛 기억이 되살아났다.

당시 어렸던 레푸스는 어머니의 손을 잡고 서 있었다. 황제는 보석이 박힌 아버지 무스텔라의 왕좌를 차지하고 모두를 내려다보았다. 아버지는 그 앞에서 무릎을 꿇고 고개를 숙여야만 했다.

─그대는 여전히 왕이지만 또한 이제는 왕이 아니기도 하오. 그러니 군대가 필요하지는 않겠지. 모든 군대를 해산하고 이 영지 안에서 편히 여생을 보내시오.

더 젊고 용감하고 명민하던 시절의 무스텔라는 담담하게 대답했다.

─그러나 시골의 영주도 자기를 지킬 병사가 있지 않습니까? 지난번 말씀하셨던 것처럼 이 나라 백성은 성질이 거칠고 참을성이 없습니다. 황제께서 돌아가시면 당장 이 성에 들이닥쳐 제 목을 베려고 들 것입니다. 그러니 저를 지킬 병사 열 명은 허락해 주십시오.

─좋소, 그대에게 열 명을 허락하겠소.

─한 번 더 간청하는 죄를 용서해 주신다면 스무 명은 안 되겠습니까?

─스무 명이라. 하긴 열 명이나 스무 명이나 메루 산의 돌멩이 하나이니 그렇게 하시오.

─감히 한 번 더, 한 번만 더 여쭙겠습니다. 서른 명은 안 되

겠습니까?

　- 그럼 서른 명으로 하시오.

　- 서른 명이 가능하다면 마흔 명은 어떻습니까?

　- 마흔도 나쁘지 않겠군.

　- 정말 제 생명을 걸고 마지막으로 엎드려 빕니다. 병사 쉰 명, 쉰 명을 제 휘하에 두고 싶습니다.

　- 그대는 나를 정말 곤란하게 하는군. 알겠소, 쉰 명을 데리고 있도록 허락해 주겠소. 대신 쉰 명에서 한 명이라도 더하면 안 되오. 나는 위장병이 다시 도져 그만 가서 쉬어야겠소.

　그렇게 아버지가 자존심을 버리고 지킨 병사들은 지금 일행에 포함된 사냥개만큼도 쓸모가 없었다. 레푸스는 씁쓸한 입맛을 달래기 위해 안장에 달아 두었던 과실주를 꺼내 마시고 마르쿠스에게도 건넸다. 순식간에 한 병이 동났다. 레푸스는 돌아갈 길을 생각해서 허리에 찬 병은 건드리지 않았다.

　다리가 슬슬 지치고 햇볕이 따갑다 못해 무겁게 느껴질 때쯤 그들은 목적지에 도착했다. 티미두스 숲은 별명 그대로 초승달을 닮아 있었다. 레푸스의 부대는 초승달 아래쪽 뾰족한 부분 바로 위의 허리를 파고들었다. 숲은 고요했고 제법 빽빽하게 높이 솟은 나무들은 침입자를 반기지도 거부하지도 않았다.

사냥개들이 코를 맹렬하게 벌름거리며 앞장섰다. 얼마 지나지 않아 개들이 금방 무슨 냄새를 맡은 것처럼 달리자 목줄을 잡은 병사들도 끌려갔다.

- 괴물이다!

한 명이 소리치며 달려가자 그 뒤를 나머지 병사들이 우르르 쫓았다.

- 저들은 단 한 번도 괴물을 만나 본 적이 없군.

레푸스는 그렇게 말을 내뱉고 인상을 찌푸렸다.

- 그렇습니다. 저 친구들은 괴물보다 사람을 상대해야 하니까요.

- 사냥개는 괴물 냄새를 맡고 쫓지 않아. 오히려 꼬리를 말고 피하지. 인간과 동물은 본능적으로 괴물을 싫어하게 되어 있어.

- 그러면 개들이 쫓는 것은 최소한 괴물이 아니겠군요. 이 나라에서 누가 왕자님보다 괴물에 대해 더 잘 알겠습니까?

- 플리니 교수가 있지.

레푸스가 그에 대해 설명하려는 순간 그림자 하나가 사냥개가 달려간 쪽에서 튀어나왔다. 얼핏 보기에는 덩치가 큰 토끼처럼 보이기도 했으나 확실하지 않았다. 짐승은 왕자 그리고 마르쿠스와 거리를 유지하며 맹렬하게 달렸다.

―그쪽으로 갔습니다.

두 사람은 병사의 외침을 듣기도 전에 화살을 꺼내 장전했다. 마르쿠스의 화살이 먼저 날쌔게 날아갔고 뒤이어 왕자의 화살이 다소 힘없이 날아갔다. 움직이던 생물이 갑자기 용수철처럼 튀어 오르더니 바닥에 처박혔다. 병사들이 환호성을 지르며 달려왔다.

―알고 보니 명사수셨군요.

―무슨 말인가?

―왕자님의 화살이 사냥감에 맞았습니다.

―설마, 그럴 리가.

병사 중 하나가 다가가서 화살을 살피더니 소리를 질렀다.

―두 분 다 맞히셨다!

잠시 후 그는 다른 소리를 냈다. 점심으로 먹은 것들을 입으로 게워 내는 소리였다.

왕자와 대장은 불길한 느낌을 받고 그쪽으로 달려갔다.

―무슨 일이야?

병사들은 하나같이 사냥물에서 멀어지려고 뒷걸음질 쳤다. 사냥개들은 컹컹 짖으며 발을 가만히 두지 못하고 서성거렸다. 레푸스는 가까이 다가서서 그들이 잡은 것이 몸집이 큰 토끼임을 확인했다. 레푸스의 화살은 목에, 마르쿠스의 화살은 몸통에 박혀 있었다.

－어째서 토끼를 무서워하나?

레푸스는 그때 처음으로 붉은 얼룩이 감도는 눈을 마주쳤다. 눈에는 생기가 없었다. 발로 툭 차서 몸을 뒤집었을 때 드러난 이마에는 양쪽 눈보다 더 크고 징그러워 보이는 눈이 박혀 있었다. 가운데 눈은 더 붉었고 기름처럼 보이는 얼룩도 더 선명하게 드러났다.

이제 사방에서 토하는 소리가 들렸다. 충격적인 광경과 병사들이 토하는 소리와 비릿한 냄새에 레푸스는 어지러운 듯 비틀거렸다. 마르쿠스가 뒤에서 왕자를 부축해 조금 떨어진 곳으로 인도했다. 마르쿠스는 겉보기에 아주 멀쩡해 보여서 레푸스는 그 와중에도 감탄할 수밖에 없었다.

나무둥치에 기댄 레푸스는 메스꺼운 속을 달래려고 허리띠에 맨 술병을 끌렀다. 돌아가는 길에 마시려고 예비해 둔 것이었다. 한 모금 마신 다음에는 자신을 따라 피신한 병사들에게 넘겨주었다. 술을 사양한 마르쿠스가 왕자 곁에 쭈그리고 앉아서 물었다.

－왕자님, 대체 저 괴물은 무엇입니까?

－유사, 유사 괴물이야. 저건 토끼를 닮았으니 유사 토끼라

고 불러야겠군. 자연계의 모든 괴물이 이름을 따로 붙일 만큼 생김새가 독특하진 않아. 대부분 우리가 알고 있는 동물과 비슷하게 생겼는데 조금 다를 뿐이야.

레푸스는 헛구역질을 한 끝에 설명을 마무리했다.

－그래서 학자들이 유사라는 말을 붙여서 그 괴물 종을 표현하기로 한 거야.

－그렇다면 저 짐승을 토끼라고 부르지 못하는 것은 눈이 세 개라서군요.

－그래, 눈알에 감도는 저 붉은 얼룩도 오직 괴물만이 가지는 특징이지. 인간은 괴물을 만나면 선천적으로 역겨움을 느끼게 되어 있어. 지배자 카니세리움처럼 두려움이 주가 되는 괴물도 있지만 말이야.

레푸스가 마르쿠스의 안색을 살폈다. 마르쿠스는 굳이 듣지 않아도 의문을 알아차렸다.

－저도 메스꺼움을 느꼈습니다. 다만 저는 남들보다 참는 능력이 좋은 편이죠. 그러면 저 토끼가 주변 마을 사람들의 가축을 해친 그 괴물일까요?

레푸스는 고개를 저으며 머리 안에 쇳덩이와 자갈이 섞여 있는 느낌을 받았다.

－아니야, 유사 괴물은 비슷한 동물과 생김새만큼이나 습성

도 비슷해. 유사 토끼는 풀을 뜯고 살겠지. 어쨌든 여기에 괴물이 있다는 말은 옳았군.

레푸스가 몸을 일으키려고 했으나 고생을 모르고 자란 몸이 주인의 의지를 따라 주지 않고 퍼져 버렸다. 마르쿠스는 반쯤 기절한 왕자를 말 위에 태워 떨어지지 않게 고정했다.

레푸스가 다시 정신을 차렸을 때 허리 아래쪽은 말 안장에 잘 고정되어 있었다. 말은 영리하게도 주인을 깨우지 않으려고 최대한 작은 동작으로 걸었다. 레푸스는 말 목을 쓰다듬으며 바싹 붙어 있던 상체를 일으켜 뒤를 돌아보았다. 뒤에서 터덜터덜 따라오는 병사들은 보였지만 마르쿠스가 없었다.

–마르쿠스, 마르쿠스는 어디에 있나?

레푸스가 갈증으로 갈라진 목소리로 물었다.

–먼저 성으로 돌아가 도움을 요청한다고 하셨습니다.

속도를 내지 못한 탓에 해가 질 무렵이 되어서도 패잔병 같은 부대는 성에 닿지 못했다. 레푸스가 머리를 젓자 이번에는 두통 대신 귀울림이 생겨 헛소리가 들렸다. 꼭 작은 부대의 말발굽 소리 같았다.

–왕자님, 저기에.

말발굽 소리는 환청이 아니었다. 먼 곳에서 소리와 먼지와 그림자가 생겨나더니 점점 가까워졌다. 얼마 지나지 않아 말을 탄 한 무리의 부대가 코앞까지 다가왔다. 그들은 정체를 당당히 드러내는 검은 옷을 입고 있었다.

– 황제의 까마귀들이 이 땅에 잘도 당당하게 나타났구나.

레푸스가 욕 몇 마디를 입안에 품었는데 그중 하나가 슬며시 새어 나왔다.

– 누군지는 모르겠지만 무례하게 굴지 말고 길을 비켜라.

대장 옆의 참모처럼 보이는 자가 말에서 내리지 않고 소리쳤다. 검고 펑퍼짐한 옷 속에 사슬 갑옷을 입고 있는지 금속 소리가 났다. 그들의 옷과 무장은 귀족이라고 보아도 좋을 정도로 훌륭했다. 레푸스와 병사들의 무장은 그에 비하면 보잘것없는 낡은 것들이었다.

레푸스는 아침에 본 초라한 의자에 앉아 있던 아버지의 모습을 떠올렸다. 그들을 보니 그동안 눈치채지 못했을 뿐 자신도 몰락한 왕자의 모습이라는 것을 깨달았다.

– 나는 이 땅의 왕자 레푸스 스타인이다. 황제의 까마귀들은 스타인의 왕자 앞에서도 뻔뻔하게 말에서 내리려고 들지 않는구나.

검은 옷을 입은 자들이 조금 당황한 것처럼 보였다.

– 우리는 황제께서 보내신 편지를 가지고 왔소. 황제의 사신은 황제와 같은 예우를 받게 되어 있으니 말에서 내릴 필요

는 없소.

아까 나섰던 참모가 대장을 대신해서 말했다. 불량해 보이는 얼굴은 대장에게 보이는 충성심 외에는 선한 감정을 모두 닦아 낸 것 같았다.

레푸스는 등에 멘 활을 풀어 앞으로 가져왔다. 레푸스의 부하들은 검은 갑옷을 입은 자들보다 더 심하게 동요했다.

- 황제의 사신이라면 그에 맞는 복장과 품격을 갖추고 있다. 그래서 황제와 같은 대우를 받는 거지.

레푸스는 아직도 몽롱한 기분이었다. 괴물을 가까이에서 접한 충격으로 머릿속이 뒤죽박죽이었다. 평소라면 끄떡도 안 했을 과실주 한 병으로 올라오는 취기가 혼란을 거들었다.

레푸스는 호기롭게 화살을 재어 그들의 대장을 겨냥했다. 술기운에 평소에는 간신히 당기던 활을 있는 힘껏 당길 수 있었다. 내일 아침이면 근육이 퉁퉁 부어 있을 것이다.

부하들이 무기를 뽑으려는 것을 그들의 대장이 말렸다.

- 괜찮다, 쏘지 못할 거야.

그 말이 레푸스의 귀에 들어갔고 손가락은 팽팽하게 당긴 시위를 놓아 버렸다. 평소보다 센 힘으로 발사된 화살은 대장의 가슴팍을 때렸다. 투구를 노린 것이었지만 일단 맞혔으니 명중이라고 우겨도 상관없었다. 대장이 몸을 휘청거리다가 곧 다시 꼿꼿이 세웠다.

　그는 비틀거리며 말에서 내리더니 레푸스를 향해 천천히 다가왔다. 레푸스는 그 순간 공포에 질린 얼굴을 감출 투구가 없는 것이 아쉬웠다.

마지막 대장장이 왕은 일 년 전에 물러났다.

그의 선언을 듣자마자 대장장이 신을 섬기는

일곱 사제가 그를 둘러싸고 질문을 퍼부었다.

그는 한 가지 대답만 반복했다.

– 나는 신의 은총을 잃은 사람이오.

사제장이 조금도 당황하지 않고 되물었다.

– 그 사실을 어떻게 아셨습니까?

한때 대장장이 왕이었던 사람은 끝내 대답하지 않았다.

II

여행의 피로에 지친 가르젠이

작은 사기와 싸움에 말려들어 주먹을 자랑한다

스타인의 작은 술집에서 이야기꾼은 패거리를 모아 놓고 바람에 날릴 만큼 가벼운 입술을 나불대고 있었다. 가만히 놓아두면 밤이 새도록 이야기가 끝나지 않을 것처럼 보였다.

－ 이봐, 오줌 세 방울 왕자 소문 들었어?

－ 오줌 세 방울 왕자가 뭐야? 옛날이야기인가?

－ 이런 멍청한 인간을 봤나? 아무리 나라가 망했다고 이 나라의 왕자도 모른단 말이야?

－ 왕자 이름이 오줌 세 방울이라고? 허허, 왕족의 이름을 그렇게 추잡하게 짓는단 말이야?

－ 이 친구가 서쪽 땅에서 와서 그래. 거기 사는 사람들이야 왕이 누군지 언제 죽는지 알게 뭐냐는 사람들이라고. 스타인 사람이라고 보기도 어렵지.

－ 지금 나보고 스타인 사람이 아니라는 말이야?

－ 그러니까 오줌 세 방울 왕자가 말이야.

─아니, 왜 이름이 오줌 세 방울인지 설명은 해 줘야지.

이야기꾼은 방해를 받아 짜증을 내려다가 별명의 내력을 설명해 주기로 마음을 고쳐먹었다.

─그러니까 레푸스 왕자가 처음 태어났을 때 말이야. 그때가 15년 전인가, 16년 전인가?

─18년 전이지. 내 아들도 그해에 태어났으니까.

─자네한테 물은 게 아니라 혼자 생각하느라 한 말이니 입 좀 다물어.

─아니, 뭐 혼자 연설하러 왔어? 도와줄 수도 있지 왜 그렇게 나오는 거야? 틀리게 말한 주제에.

─이야기라는 건 자꾸 맥이 끊기면 안 된단 말이야.

─무슨 대단한 이야기를 한다고. 알겠으니까 계속해 봐.

─그러니까 18년 전에 레푸스 왕자가 태어났지. 그때는 아직 나라도 멀쩡했고 말이야. 아무튼 왕자가 태어나고 그런 소문이 퍼진 거야. 왕자가 스타인을 건국한 선조의 피를 열두 방울이나 이어받은 인물이라는 거지.

─열두 방울이면 많은 건가? 왜 하필 열두 방울이지?

─스타인을 세운 사람이면 이름이 뭐지?

─그것도 몰라? 그 사람 이름이 스타인이야. 나라 이름과 왕족의 성이 그 사람 이름을 따서 지은 거라고, 이 무식한 인

간아.

─아까도 말했지만 내가 얘기할 때는 다들 입 좀 다물어. 그 때는 열두 방울이면 나라를 다시 부흥시킬 대단한 양이라고 했어. 그런데 이 왕자가 잘 자라다가 말이야. 어느 날 만찬에 서 실수로 자기 옆 사람의 잔을 집었다고 하더라고.

─그래서?

─근데 거기 들어 있던 빨갛고 맛 좋은 액체가 말이야. 이거 였던 거지.

이야기꾼은 자기 앞에 놓인 술잔을 흔들었다.

─어린 왕자가 술맛을 너무 일찍 알아 버린 거야. 그때부터 성안의 과실주라는 과실주를 죄다 퍼마시기 시작했어.

─거참 몹쓸 놈이었네.

─그러다 보니 그런 이야기가 나온 거지. 술을 많이 마시면 오줌도 많이 쌀 것 아니야? 그렇게 나오는 오줌 속에 위대한 선조의 피도 같이 죽죽 빠져나온다고. 그래서 선조의 피가 결 국 세 방울만 남았다는 소문이 돌았어.

─그거 정말 그런 거야? 술을 많이 먹으면 선조의 피가 빠 지나? 그럼 나도 술을 왕창 퍼마셔서 바보 선조의 피를 다 빼 야 하는데.

─에이, 선조의 피가 고작 술에 져서 나온다면 되겠어?

－뭐, 일단 마셔 보면 알 수 있겠지. 마실수록 똑똑해진다면 피가 좀 빠졌다는 뜻 아니겠어?

－아니, 그러면 피 세 방울 왕자가 되어야지 왜 오줌 세 방울 왕자가 된 거야?

－사람들은 왕자가 오줌을 왕창 싼 거랑 피가 세 방울 남은 것만 기억하니까. 두 개를 연결해서 오줌 세 방울 왕자가 된 거야.

－참 지린내 나는 이름이네.

그렇게 이야기가 대충 마무리되고 화제가 바뀔 무렵 문이 열리고 여행자 한 명이 들어왔다. 낯선 사람이 등장하자 주인부터 손님까지 하나같이 긴장했다. 주인은 조금 전까지 떠들던 이야기꾼과 친구들에게 눈짓했다. 그들은 턱을 가볍게 움직여 알아들었다는 신호를 보냈다.

새로 나타난 손님은 몸집이 거대한 사람이었다. 얼굴 위쪽은 추위를 피하는 후드로 가리고 아래쪽은 덥수룩한 수염으로 가려 잘 보이지 않았다. 흔히 보는 여행자의 모습이었지만 외투 사이로 나온 팔은 마치 바위를 깎아서 만든 것처럼 단단해 보였다.

－황제의 까마귀 아니야?

－저렇게 눈에 띄는 첩자가 세상에 어디 있어?

여행에 지친 손님은 이야기꾼과 친구들을 무시하고 주인을 불렀다. 그는 식사와 잘 곳을 부탁하고 품에서 지갑을 꺼내 제국 동전을 후하게 지불했다. 주인의 나무껍질 같은 얼굴에 오랜만에 웃음과 비슷한 표정이 생겨났다.

주인은 아들을 불러 얼른 요리를 만들어 오라고 닦달했다. 한쪽 다리가 없어 목발을 짚은 아들이 어머니의 성화에 투덜거리며 사라졌다.

작은 소동이 끝나자 여행자는 팔꿈치를 책상에 내려놓아 기둥 두 개를 만들었다. 그리고 웅장해 보이는 기둥 사이에 얼굴을 파묻고 휴식을 취했다.

이야기꾼은 두 번째 이야기를 시작할 분위기가 되었다는 것을 알았다.

─지금부터 해 줄 얘기가 중요해. 그러니까 이건 그 오줌 세 방울 왕자에 대한 소식이거든.

─왜, 이제 두 방울이 되었대?

한 사람이 그 말을 듣고 웃음을 터뜨리자 이야기꾼이 탁자를 내리쳤다. 그 바람에 깨운 게 아닐까 모두 여행자 쪽을 보았지만 그는 작은 움직임도 없었다.

─그 왕자가 며칠 전에 사냥을 나가서 괴물을 잡았다네?

─숲에 괴물이 어디 있어?

–요새는 그런 말들이 있어. 자꾸 숲에 괴물이 나온다고.

–그래서 카니세리움이라도 잡은 거야?

–위대한 카니세리움을 어떻게 잡아? 아무튼 왕자가 잡은 괴물은 그냥 괴물이 아니라 마을을 습격해서 가축을 훔쳐 가던 괴물이란 말이야. 왕자가 그 괴물을 잡겠다고 아버지에게 허락을 구하고 나선 거야. 칼이나 창은 잘 못 쓰지만 활은 좀 쓴다는 것 같아.

이야기꾼은 괜히 자기가 뿌듯해하는 표정을 감출 수가 없었다.

–그래서 화살로 괴물을 한 방에 딱 잡고 돌아가게 된 거지. 사냥감을 가지고 성에 돌아오는데 황제가 보낸 까마귀 발톱을 만나게 된 거야.

서쪽 지방 출신이 까마귀 발톱이 무엇인지 몰라 물으려고 했다. 이야기꾼의 비위를 거스르기 싫은 사람이 얼른 황제의 개인 부대라고 속삭였다. 까마귀가 군중 사이에 숨는다면 까마귀 발톱은 대놓고 무기를 휘둘러 댔다.

–까마귀 발톱 백 명이 검은 말을 타고 검은 갑옷을 입고 성으로 가다가 걸린 거지.

–백 명이나? 그래서?

–왕자가 재빨리 화살을 재서 맨 앞에 있는 놈 대가리부터

쏜 거야. 알고 보니 그놈이 대장이었어. 그러니까 남은 녀석들은 우왕좌왕하고 있는데 왕자가 다시 한 발을 쐈지. 한 놈의 눈알에 화살이 박혀서 말에서 뚝 떨어졌어.

말하는 속도가 점점 빨라져 듣는 사람의 심장도 그만큼 빠르게 뛰었다.

– 그다음에는 말들이 날뛰고 황제의 부하들은 정신을 못 차렸지. 대장이 죽으면 까마귀 발톱도 별것 아니었던 거야. 왕자가 일고여덟 명 정도를 더 맞히니까 나머지는 다들 도망갔어. 그렇게 왕자가 나라를 지켰지.

이야기꾼은 한마디를 덧붙였다.

– 그때도 우리처럼 술에 취해서 정신이 오락가락하는 와중이었는데.

– 거, 세 방울도 꽤 위력이 있는데?

– 그러게 말이야. 열두 방울이었으면 맨손으로도 충분했겠어.

옆 식탁에 앉은 여행자는 고개를 들고 조금 전 들은 이야기를 곱씹어 보았다. 마을의 수다쟁이가 하는 말을 다 믿지는 않았지만, 그 속에도 중요한 진실이 섞여 있었다.

– 여기 나왔습니다.

여행자의 식탁에 그릇 하나가 놓였다. 이름 모를 산새가 날

개와 다리를 쭉 뻗고 갈라진 배를 드러내고 있었다. 그리고 내장이 있던 자리에는 붉은 파르바 열매를 으깨서 만든 소스가 흥건했다. 검게 탄 내장에서 흘러나온 것처럼 보이기도 했다.

여행자는 요리의 이름이 내장 터진 새라는 어릴 적 기억을 되살렸다. 그리고 본격적으로 식사를 시작하려다가 멈칫했다. 그가 손을 들자 주인이 다가와서 누구나 눈치챌 수 있는 억지 친절로 물었다.

— 무슨 일이십니까?

— 여기, 왜 새 다리가 하나밖에 없소?

옆 식탁에 앉은 이야기꾼과 친구들이 식탁을 마구 두드리며 웃어 댔다. 여행자가 고개를 돌려 바라보자 그들은 금방 조용해졌다.

— 뭐, 새를 잡다 보면 다리가 하나인 것도 잡히고 셋인 것도 잡히고 그러는 법이죠.

— 그러면 원래부터 다리가 하나라는 말이오?

— 맞습니다.

— 다리가 하나인 새는 새가 아니라 괴물이라고 부르지 않나? 나에게 괴물을 먹이겠다는 거요?

주인은 자기가 말실수를 저질렀다는 것을 깨달았다. 겉보기에 무식해 보여서 아무렇게나 지껄였는데 호락호락하지 않왔다.

　-죄송합니다, 손님. 아무래도 우리 아들이 요리하다가 실수로 다리 한 짝을 떨어뜨린 모양이네요.

　주인이 소리를 지르자 아들이 목발을 짚고 나타났다. 여행자는 그의 입가가 기름기로 번들거리는 것을 확인했다. 입술 안쪽에는 다리 살을 용케 씹었을 것 같은 썩은 이들이 제멋대로 나 있었다. 여행자는 피로와 허기가 겹친 상태에서 그 모습을 보자 구역질이 나올 것 같았다.

　-보시다시피 나라를 위해 전쟁에 나갔다가 다리를 잃은 녀석입니다. 한 번만 넘어가 주시죠.

　여행자는 그의 나이를 아무리 넉넉하게 잡아도 스물이 안 된다고 짐작했다. 그런 애송이가 8년 전 전쟁에 참여했을 리가 없었다.

　-새로 요리해 오든가 돈을 돌려주게.

　-손님, 우리는 환불이 없어요. 이 요리를 얌전히 먹고 바닥에서 자든지 아니면 그냥 나가든지 선택하세요.

　-그러면 내가 끝까지 돈을 받아야만 나가겠다면 어떻게 할 생각이지?

　-손님이 그런 어리석은 선택을 하시겠다면 따로 생각이 있지요.

주인은 아까 처음 여행자가 들어왔을 때와 마찬가지로 이야기꾼에게 눈짓했다. 이야기꾼은 고개를 살짝 저어 거부하는 의사를 표시했다. 주인은 그에 아랑곳하지 않고 재차 강하게 신호를 보냈다. 이번에는 턱까지 세차게 흔들며 서두르라고 강조했다.

– 저 사람은 겉보기부터 위험해 보인단 말이야. 처음부터 거절 신호도 따로 만들어야 했어.

– 뭐, 저 사람이라고 해서 우리가 몽둥이로 두들겨 패는데 방법이 있겠어?

– 차라리 잘 때 처리하면 될 걸 이게 뭐 하는 짓이야. 초저녁부터 핏방울이 사방에 튀게 생겼네.

이야기꾼과 친구들은 제각기 떠들며 벽에 기대어 놓은 몽둥이를 하나씩 집었다. 가지런히 놓여 있던 몽둥이 네 개는 처음부터 그런 목적으로 놓아둔 것 같았다. 몽둥이에 검게 물든 얼룩은 지난 희생자의 흔적처럼 보였다.

여관에서 술을 얻어 마시며 때때로 강도질을 돕는 그들은 전혀 긴장하지 않았다. 그러나 여행자도 긴장하지 않는 것을 보아 처음 당하는 일이 아니었다.

– 지금이라도 지갑이랑 돈이 될 만한 것들을 내놓으면 곱게 갈 수 있는데?

－미안하지만 내가 가진 물건은 내 것이 하나도 없어서 안 되겠어. 같은 나라 사람들끼리 이렇게 살아야 하나?

그 말을 듣고 이야기꾼의 친구 하나가 문득 깨달았다는 듯이 외쳤다.

－저 사람. 말하는 것을 들어 보니까 우리 스타인 억양이 나오는데?

여행자는 되도록 싸움에 휘말리고 싶지 않아서 품에 든 무기를 꺼내지 않았다. 오른쪽 손목에 달린 비밀 무기를 쓰려고 하지도 않았다. 대신 그는 양 손바닥을 보였다.

－우리가 나라가 어디 있어? 왕의 영토는 자그마한 자기 영지 하나뿐이고 우리는 나라 없는 자유인이야. 우리를 다스리는 왕도 없고 법도 없고 군대도 없으니 원하는 대로 살아도 그만이야.

이야기꾼이 그럴듯하게 말하자 주변에서 칭찬이 쏟아졌다.

－싸우는 것은 내 뜻이 아니야.

－그러면 가진 걸 다 놓고 가라니까?

－내가 가진 돈과 물건은 내 것이 아니야. 나는 대장장이 신의 사제 가르젠이라고 하네. 황제의 까마귀도 아니고 내 이익을 위해 재산을 챙기는 사람도 아니야.

이야기꾼과 친구들은 여관 주인 쪽을 쳐다보았다.

－그러고 보니 대장장이 신의 일곱 사제 중 하나가 스타인 출신이라고 했어. 하지만 증거가 없으면 믿을 수 없는 세상이란 말이야. 당신이 정말 대장장이 신의 사제라면 뭔가 증명할 만한 물건이 있겠지.

가르젠은 잠시 고민하다가 어쩔 수 없다는 듯이 품에서 단검을 꺼냈다.

11대 대장장이 왕이 만든 작품이었다. 금으로 뒤덮인 칼집과 손잡이에는 다른 누구도 흉내 낼 수 없는 섬세한 무늬가 들어가 있었다. 손톱이 겨우 박히는 촘촘한 간격으로 금빛 선이 끝없이 퍼졌다가 다시 합쳐졌다. 가르젠은 칼날에 새겨진 대장장이 왕의 문자까지는 보여 주지 않았다.

그러나 단검의 겉모습을 보는 것만으로도 강도들의 마음에는 불이 붙었다. 성 하나를 통째로 사고도 남을 물건이 눈앞에 있었다. 마치 그들의 욕망이 현실이 되어 보고 만질 수 있는 형체가 된 느낌이었다.

－저, 저걸 가져야겠는데.

－그래, 우리가 조금만 애쓰면 저 물건을 가질 수 있어.

가르젠은 단검을 품에 넣는 순간 다른 손으로 의자를 집어 제일 오른쪽 강도에게 던졌다. 의자에 맞은 강도는 뒤쪽 벽에 처박혀 신음 소리를 냈다.

자, 이제 충분히 알 거라고 생각하네. 나에게 강도질하겠다는 생각은 어리석으니 그만두고 우리 각자의 길을 가자고. 일이 이렇게 되었으니 나도 돈을 돌려 달라고 하지는 않겠네. 의자를 부순 값과 치료비로 생각하면 되겠지?

여관 강도들은 포기하려는 의사를 보이지 않았다. 하필 가장 오른쪽에 있다가 의자를 맞은 사람이 그중 제일 허약한 사람이었다. 그들은 머릿수에서 앞서 있고 몽둥이까지 들고 있으니 승산이 있다고 생각했다. 여관 주인도 계속하라는 신호를 보냈다.

한 명씩 차례로 덤볐다가는 저 곰 같은 인간을 당해 낼 도리가 없어.

그러니까 한꺼번에 달려들어 머리를 까는 거야.

그래, 아무리 덩치가 커도 몽둥이에 한 대 맞기만 하면 힘이 쭉 빠지지.

이야기꾼과 친구들은 그렇게 외치며 가르젠에게 달려들었다. 가르젠은 뒤로 폴짝 뛰어 물러선 다음 식탁을 세워 방어벽을 만들었다.

식탁 왼쪽으로 첫 번째 강도가 뛰어들었다. 그는 몽둥이를 한껏 치켜들고 내리치려고 했지만 너무 느렸다. 가르젠의 발차기를 배 한가운데에 맞고 나가떨어졌다.

두 번째 강도는 그 틈을 타서 오른쪽으로 침투해 들어왔다. 게다가 몽둥이를 가볍게 휘둘러 반격당할 빈틈을 만들지 않으려고 했다. 가르젠은 맨손으로 그를 상대하기 어렵다는 것을 알고 옆에 있는 의자를 들었다. 의자와 몽둥이가 몇 번 요란하게 부딪히는 소리를 냈다.

그 사이를 노려 다시 왼쪽으로 이야기꾼이 돌격해 들어왔다. 이야기꾼이 휘두른 몽둥이는 가르젠의 어깨 아래 팔뚝을 가격했다. 가르젠은 고통을 못 이겨 작게 신음 소리를 냈다.

– 잘했어. 계속 그렇게 하면 돼.

가르젠은 여관 주인의 응원을 무시하고 오른손에 든 의자를 크게 휘둘렀다. 상대 두 사람은 얼떨결에 뒤로 물러나 거리를 유지했다. 궁지에 몰린 가르젠은 오른손에 달린 무기를 쓰려다가 마음을 고쳐먹었다. 어디까지나 군대나 괴물을 상대하기 위해 준비한 물건이었다.

– 역시 당신들에게 줄 수 있는 건 주먹밖에 없어.

가르젠은 오른쪽에 있는 강도 앞으로 순식간에 다가섰다. 그가 당황해서 몽둥이를 휘두르려는 순간 몽둥이 끝부분을 잡았다. 소유권이 바뀐 몽둥이의 손잡이는 원래 주인의 뺨을 후려갈겼다. 뼈가 부러지는 소리와 함께 강도가 인형처럼 바닥에 쓰러졌다.

그 소리는 마지막 남은 이야기꾼의 사기를 완전히 꺾어 놓았다. 그는 겁에 질려서 평소에 쉬지 않고 놀리던 혀와 입술과 턱을 멈췄다. 가르젠은 그 셋을 한꺼번에 칠 수 있는 곳을 정확하게 조준해서 주먹을 날렸다.

턱이 박살 난 이야기꾼이 괴상한 비명을 지르며 쓰러졌다.

―자네는 당분간 친구들한테 이야기를 들려줄 수 없을 것 같네.

가르젠은 고개를 들어 여관 주인과 그 아들을 바라보았다. 바닥에 엎드린 그들은 가축처럼 얌전하게 변해 있었다.

―이 친구들의 치료비까지 포함하면 내가 준 돈으로는 모자라겠군. 나머지는 이들을 고용한 당신이 내시오.

그렇게 당부한 다음 가르젠은 황급히 여관을 빠져나와 어둠 속에서 길을 찾았다. 지도를 보기 위해서는 어쩔 수 없이 등불을 켜야 했다. 희미한 빛을 받아 흐릿하게 보이는 지도가 길을 알려 줄 능력이 없다고 말하는 것 같았다. 가르젠은 일단 밤새 동쪽 숲을 가로질러 빠져나가야겠다고 생각했다.

조금 있으면 여관 주인이 동네방네 소리를 지르며 사람들을 불러모을 것이다. 그들은 잘잘못을 따지지 않고 공동체를 위협한 자를 추적할 것이다. 그렇게 되기까지 그리 긴 시간이 걸리지 않을 것이다.

여행자, 대장장이 신의 사제 가르젠은 여전히 배가 고프고 피곤했다. 왼쪽 팔은 아까 몽둥이에 맞은 통증으로 욱신거렸다. 대신 그는 오랜만에 주먹을 쓰고 나서 잠시나마 기분이 상쾌했던 것을 부인할 수 없었다.

– 가르젠, 가르젠. 어쩌자고 젊은 시절에나 나왔을 법한 혈기를 앞세운 건가? 아직 맡은 임무도 해내지 못했는데.

그렇게 혼자 중얼거리며 걸음을 재촉하자 큰 덩치는 금방 숲의 어둠으로 들어가 사라졌다.

대장장이 왕의 곁을 지키는

대장장이 신의 사제는 모두 일곱이 있는데

그들은 전문 분야와 이름을 대대로 물려받는다.

그러니까 대장장이 왕의 역사를 기록한 책에서

무기를 다루는 가르젠, 금속을 담당하는 탈와르,

세공 전문가 테커, 기계 장치 전문가 트라이버,

농기구와 장식을 다루는 할스, 발명가 오반도와

목공 전문가 호문의 이름을 300년의 역사와 함께

끊임없이 보게 되는 것이다.

그들을 개인으로 낱낱이 분리해 내려는

시도가 없었던 것은 아니지만

어떤 부분은 모호하거나 너무 간략하게 표현되어

성공적인 결과가 나오지 않았다.

III

나, 이름을 밝힐 수 없는 관찰자가
가르젠의 뒤를 따라가면서 그의 꿈을 들여다본다

나는 지금 별 아래 공중에 둥둥 떠다니면서 아래로 펼쳐진 세상을 관찰하고 있다. 발밑에 보이는 스타인 동부의 넓은 땅은 군데군데 얼룩 같은 숲이 박혀 있다. 저 멀리 보이는 서부의 산악 지대는 마치 이야기 속 딴 세상처럼 낯설게 느껴진다. 그리고 보니 납작한 혹처럼 볼품없이 땅에 붙어 있는 마을들도 있다.

집들은 어둠 속에서 난쟁이 거인처럼 육중한 몸을 웅크리고 있다. 늦은 시간에도 간혹 새어 나오는 연기와 불빛은 그들이 담배라도 피우는 것 같다.

개들은 가끔 정체도 모르는 존재를 향해 짖어대는데 어쩌면 나를 보았을지도 모른다. 나는 사람의 눈에 보이지 않지만 개들은 별 희한한 것도 다 본다는 말이 있다. 나에게도 개하고 말하는 능력은 없으니 확인할 방법이 없다.

나는 이름 대신 그냥 관찰자라고 불리기 원한다. 한때는 인간이었지만 지금은 인간이 아닌 존재가 되었다는 사실 정도만 알아 두면 된다. 지금은 밤하늘의 서늘한 공기에 몸을 맡기며 느긋하게 누군가를 기다리는 중이다.

아까 낮에 어렴풋이 본 미래에서 그는 처음 들어간 여관에 머물지 못하고 쫓겨났다. 그러니 반드시 숲을 뚫겠다고 이곳을 지나갈 것이다.

어렴풋이 미래를 본다는 말은 정말 미래를 본다는 뜻이냐고? 좀 뿌옇게 보여서 모든 게 명확하지는 않지만 물론이다. 나는 시간과 공간을 초월해서 여러 가지를 동시에 볼 수 있다. 그 정도는 되어야 관찰자라고 불리는 거지 그런 능력도 없으면 그냥 구경꾼이다.

마침 저기 아래 덩치가 큰 여행자가 서둘러 걸어오는 것이 보인다. 피로에 찌들어 반쯤 졸면서 걷고 있다. 등불은 날벌레의 날갯짓처럼 정신없이 흔들려 보는 이를 어지럽게 한다. 본인도 그 등불에 취한 사람처럼 걸음이 자꾸 엇갈린다.

그는 먹이를 삼키는 괴물의 아가리처럼 보이는 숲의 입구로 거침없이 들어온다. 나무와 어둠이 내 관찰을 방해할 수는 없지만 조금은 불편하다. 나는 고도를 낮추어 나무 꼭대기에 닿을 듯 말 듯 한 높이까지 내려간다.

당연히 내 몸에는 나뭇가지와 이파리가 닿지 않는다. 이 세상의 관념과 언어로 굳이 나를 표현하자면 유령에 가까울 것이다. 모습을 보이고 물리적인 힘을 행사하는 것도 가능은 하지만 애를 많이 써야 한다. 어차피 그런 것은 관찰자에게 필요 없는 행동이기도 하다.

숲에는 사람의 통행을 위해 낸 오솔길이 있지만 밤눈이 밝은 내게도 그리 선명하지 않다. 덩치 큰 여행자 가르젠은 나무에 부딪치기로 작정한 사람처럼 걷고 있다. 그러다 가르젠이 실수로 부딪쳐 나무뿌리라도 뽑을까 기대해 보지만 아쉽게도 지친 가르젠에게 그럴 힘이 남아 있지 않다.

가르젠이 방금 떠난 마을에서 난리가 나기는 했다. 여관 주인은 입에서 침을 쏟아가며 억울함을 호소했다. 두들겨 맞은 녀석들은 입을 놀릴 힘이 없어서 가만히 실려 갔다. 마을의 장정들은 주변을 수색하겠다며 호기로움을 뽐냈다.

그러나 그들을 피하려고 한밤중에 숲을 가로지를 필요는 없다. 적당한 곳에 숨어서 잔 다음 아침에 다시 걸음을 재촉하면 된다. 식사도 제대로 못 하고 쉬지도 못한 상태에서 무리할 필요가 있을까? 아무튼 가르젠의 이름을 이어받은 사제들은 죄다 그렇게 무식한 구석이 있다.

내가 봤던 최초의 가르젠은 더 심각한 녀석이었다. 그의 좌우명은 도끼가 있으면 굳이 말을 많이 할 필요가 없다는 것이었다. 그렇게 도끼를 휘둘러 대면서 수습하기 어려운 일들을 많이도 벌이고 다녔다. 대부분 명분을 가진 싸움이었으나 역시 전부는 아니었다.

그가 죽고 나서 이름을 이어받게 된 후임들은 하나같이 완력이 강한 자들이었다. 가르젠은 강한 힘을 소유한 사제에게 주는 이름이다. 그러나 지금의 가르젠만큼 거대하고, 성실하고, 사려 깊은 가르젠은 일찍이 없었다. 그래서 나는 이 미련한 친구를 상당히 좋아한다.

시간이 지나면서 그도 숲속에서 공간을 인식하는 법을 체득한 것 같다. 이제 나무를 뽑겠다고 들이박는 일은 줄어들었다. 대신 혼미한 정신이 잠의 세계와 상상의 세계와 기억의 세계를 뒤섞어 버렸다.

별로 좋아하는 일은 아니지만 어쩔 수 없이 잠깐 그의 머릿속 세상에 다녀와야 할 것 같다. 정신세계 속의 풍경이란 변화가 극심해서 별로 신뢰할 것이 못 된다. 낙원이었던 곳이 순식간에 지옥으로 변하기도 하고 그 반대도 가능하다. 세상의 법칙이 하나둘 무시되는 일은 너무 흔해서 굳이 설명할 필요도 없다.

일단 그 안에 들어서니 저 멀리 맥락도 없이 서 있는 화산이 설사처럼 용암을 뿜어 댄다. 바닥의 돌과 흙은 화산에서 비롯

되었는지 전부 시커멓다. 열기는 기분 좋은 따뜻함이 아니라 피부를 태우는 것처럼 따갑다. 폭발 소리는 괜히 심장을 섬찟하게 만들어 한 번 터질 때마다 기분이 나빠진다.

하늘은 용암과 마찬가지로 우중충한 붉은색이다. 까마귀도 괴물도 아니고 멀리 있어 정체를 알 수 없는 새들이 날아다닌다. 울음소리도 끔찍해서 차라리 고문 받는 자들의 울부짖음으로 바꾸고 싶어진다.

공기 중에는 화산재인지 곰팡이인지 알 수 없는 검은 티끌들이 날린다. 숨을 쉴 필요가 없는 나조차도 숨이 막힐 것만 같다. 바람은 전혀 불지 않고 공기는 들이쉬면 콧구멍을 막을 것처럼 무겁다. 지독하게 텁텁하고 맵싸한 냄새 때문에 코는 아까부터 기능을 잃었다.

이 살풍경스러운 세상을 계속 설명하자면 끝도 없이 우울해질 것이다. 어째서 식물은 또 이렇게 현실과 비슷하게 생생한지 모르겠다. 제비꽃의 가녀린 선부터 타다 만 고목의 옹이까지 만지면 형체가 잡힐 듯하다. 그러나 그 식물들도 모두 검은 재로 덮여 있어서 세계에 생기를 더해 주지 못한다.

땅 한가운데에 열 살이 넘었을 법한 남자아이가 보인다. 앉지도 눕지도 않은 애매한 자세로 가르젠을 노려보고 있다. 제대로 말하면 노려본다는 말은 쓸 수 없는 것이 그 눈은 검은 우물처럼 보인다. 아무 구분도 없는 검은 덩어리 아래로 검붉은 피가 꾸불거리며 흘러내린다.

나는 육체가 없는데도 소름이 돋는 것 같다.

─에퍼.

그렇게 남자아이를 부른 인물은 이 세계를 만들어 낸 가르젠이다. 그는 남자아이 쪽을 보면서 슬픔과 고통보다 난처함이 가장 두드러지는 표정을 짓고 있다.

덩치에 어울리지 않는 연약한 모습을 보니 어깨라도 두드려 주고 싶다. 이 세계에서 그런 행동을 하는 것은 현실 세계보다 손쉬운 일이다. 하지만 이왕 관찰자라는 이름을 짊어진 이상 가만히 지켜보아야 한다.

─에퍼.

가르젠은 다시 조심스럽게 아이의 이름을 부른다. 눈이 뻥뚫린 아이는 입을 벌려 인간의 언어처럼 느껴지지 않는 소리를 낸다.

─어째서 저를 선택하셨습니까?

아, 그제야 나는 이 아이가 누구인지 깨닫는다. 왜 곧바로 알지 못했을까? 내가 기억하는 모습은 눈도 제대로 달려 있고 살벌한 표정을 짓지도 않는다. 상냥하고 쾌활한 아이였지 저렇게 무서운 아이가 아니었다.

-어째서 저를 선택하셨습니까?

　-나는 모르고 있었다. 너를 선택하는 것이 음모의 한가운데로 들어가는 일인 줄 몰랐던 거야. 만약 미리 알았더라면 그렇게 허망하게 너를 잃지 않았을 거다.

　-어째서 저를 선택하셨습니까?

　-넌 올바르고 영리한 아이였다. 너에게는 훌륭한 대장장이 왕이 될 수 있는 자질이 보였어. 그래서 널 선택한 거다.

　-어째서 저를 선택하셨습니까?

　나는 에퍼의 얼굴 양옆에 귀가 제대로 붙어 있는지 확인한다. 못 알아듣는 것인지 무시하는 것인지 확인하고 싶다. 귀는 분명히 제대로 붙어 있다.

　-어째서 저를 선택하셨습니까?

　에퍼는 가르젠이 대답하지 않자 재차 묻는다. 대답할 때까지 계속 물을 것이다.

　-너를 골랐던 것은, 그리고 너를 지키지 못한 것은.

　가르젠은 힘겹게 말을 잇는다.

　-내 잘못이었다.

　-어째서 저를 선택하셨습니까?

　에퍼의 물음은 이제 고함에 가깝다. 그 말이 주는 압력 때문에 나는 얼굴의 피가 모두 뒤로 쏠리는 듯한 느낌을 받는다.

물론 느낌일 뿐이다.

　─어째서 저를 선택하셨습니까?

　가르젠의 절망이 담긴 세상은 급속도로 붕괴하기 시작한다. 화산이 갈라지고 그 틈으로 용암이 터져 나온다. 땅은 가루가 되도록 흔들리고 하늘은 조각조각 갈라진다. 날아다니는 새들과 몇 안 되는 식물에는 불이 붙는다.

　나는 파괴된 세상을 빠져나오자마자 작은 언덕에서 떼굴떼굴 구르고 있는 가르젠을 본다. 그의 육체가 넘어졌고 그래서 그의 세계가 흔들렸던 것이다. 가르젠은 조금 더 굴러가다가 아고나스가 잔뜩 자라난 풀밭에 막혀 멈춘다.

　쓸데없이 빨리 자라는 아고나스의 굵은 줄기들이 가르젠의 무거운 몸을 지탱해 준다. 아고나스 밭 근처를 지나는 사람은 환각에 빠진다는 속설이 있는데 내가 보기에는 아고나스가 자라는 곳이 언제나 축축하고 음침한 곳이라는 사실과 무관하지 않아 보인다.

　완전히 정신을 차린 가르젠은 머리를 좌우로 흔든다.

　─정말 기분 나쁜 꿈을 꿨어.

　그 꿈을 함께한 사람으로서 나는 가르젠의 혼잣말에 완전히 동의한다.

　가르젠은 아고나스 줄기에 기대어 개운한 표정을 짓는다.

그렇게 꿈으로 죄책감을 씻어 내는 것이 이 마음 약한 친구의 방식이다. 에퍼는 눈 대신 시커먼 공허를 지닌 아이가 아니고 아무도 원망하지 않을 것이다. 그래도 가르젠은 기꺼이 자기가 원망의 대상이 되고 싶어 한다.

가르젠이 잠시 더 쉰 뒤에 몸을 일으킨다. 그의 근육은 다시 힘이 돌아온 것처럼 꿈틀거린다. 그는 완전히 정신을 차린 뒤 밤과 잠과 꿈에 다시 현혹되지 않는다. 대신 숲을 뚫을 듯이 힘차게 걷기 시작한다.

한동안 그의 뒤를 쫓는 것은 산책하는 것처럼 심심하게 이어진다. 나는 밤공기의 상쾌함을 즐기며 가만히 그를 따라간다. 가능하다면 그의 머리 위에 떠서 가는 게 아니라 그의 옆에서 함께 걷고 싶다. 관찰자가 된다는 것은 외로움을 견디는 것과 거의 같은 말이다.

중간에 한두 번 수상한 소리가 나서 가르젠이 품속의 칼을 잡는다. 알고 보면 대수롭지 않은 일이라 가르젠은 금방 다시 걷는다. 그런 사소한 일을 제외하면 가르젠과 나의 밤 산책은 순조롭다. 아직 밤이 끝날 기미가 보이지 않는데 이미 숲을 거의 다 빠져나왔다.

다음 마을까지 거리가 꽤 남아 있는 상황에서 가르젠은 작은 집 한 채를 발견한다. 숲의 가장자리에 외롭게 서 있는 나무 집 앞에 표지판이 보인다. 가르젠은 제국 문자를 보고 놀란 표정을 짓는다. 배우는 데만 몇 년이 걸려 각 나라의 귀족이 아니면 알기 어려운 문자다.

가르젠은 표지판에 다가가 자세히 들여다본다. 따라 그리는 수준이 아니라 제법 제대로 쓴 제국 문자가 적혀 있다. 자세히 보면 작은 칼로 나무 표면을 파내서 쓴 것을 알 수 있다. 그 의미는 여행자를 돕는 손길이다.

가르젠이 발견한 작은 집은 숲을 지나가는 여행자를 위한 여관이다. 그는 목마른 사람이 우물을 발견한 것처럼 기꺼이 행운을 받아들이기로 한다. 이번에는 다리가 없는 새가 나와도 묵묵히 먹을 생각이다. 그의 생각을 내가 조금 엿본다고 해서 이제는 아무도 놀라지 않을 것이다.

가르젠이 집 근처로 다가갔을 때 낸 인기척이 집 앞을 지키던 생물을 깨운다. 둥글게 말린 허리가 곧게 펴지고 희미한 빛을 받은 흰자위가 빛난다. 가르젠은 다시 품속의 칼을 잡으려다 말고 상대가 사람이라는 것을 깨닫는다. 그것도 이제 겨우 일고여덟 살 정도 된 남자아이다.

아이는 왜소한 체격에 팔다리가 거미처럼 가늘다. 숲에서 나와 깔리는 추위를 제대로 막지 못하는 천 쪼가리를 겨우 걸치고 있다. 드러난 살에는 재가 묻어서 어둠과 쉽게 구별이 되지 않는다.

아이의 눈은 유일하게 볼 만한 물건이다. 내가 보기에는 사람의 눈보다 짐승의 눈에 가깝게 보인다. 그 눈을 계속 보면 화를 내는 듯도 하고 뭔가를 말하고 싶은 것도 같다.

가르젠도 아마 같은 느낌을 받았을 것이다. 사람의 마음을 읽는 것은 피곤한 일이라 계속 집중하고 있지 않으면 쉽게 놓치게 된다.

가르젠은 아이와 눈을 마주치다가 아이의 몸이 살짝 떨리는 것을 알아차린다. 아직 본격적인 추위가 닥치기 전이라고 해도 산자락의 추위는 가볍지 않다. 가르젠은 자기도 모르게 외투 한 겹을 벗어 아이에게 씌워 주려고 다가선다.

아이는 처음에 경계심으로 몸을 딱딱하게 긴장시킨다. 그러나 가르젠에게 아이를 해칠 의도가 없음을 아이다운 본능으로 금방 깨닫는다. 가르젠에게 받아든 망토를 몸에 두르고 훈훈한 기운을 즐긴다.

– 이름이 뭐지?

아이는 질문을 이해하지 못하는 것처럼 고개를 갸우뚱한다. 나는 그 이유를 알고 있지만 가르젠에게 충고할 수 없다.

– 이름이 있니?

가르젠이 재차 묻자 아이는 망설이다가 마침내 대답한다.

-에퍼.

가르젠은 태어나서 몇 번 지어본 적 없는 놀란 표정을 드러
낸다. 에퍼는 그와 나에게 익숙한 이름이다.

-이름이 에퍼라고?

아이가 질문을 이해했다는 듯이 고개를 끄덕인다. 가르젠
이 아까 꿈속에서 마음 가장자리로 쓸어 두었던 슬픔이 다시
들이닥친다.

-그렇다면 넌 안 되겠구나.

가르젠이 그렇게 혼잣말을 했을 때 집 문이 열리고 비쩍 마
른 남자가 나타난다. 그는 볼품없는 외모에 걸맞지 않은 좋은
옷을 걸치고 있다. 스타인에서는 구하기도 힘든 옷감을 재단
한 옷이다. 가르젠은 숲 귀퉁이의 여관을 운영하는 사람에게
어울리지 않는다고 생각한다.

-누구시오?

그는 에퍼의 몸에 덮인 천을 확인하고도 일부러 내색하지
않는다. 어쩌면 가르젠이 사라지자마자 당장 빼앗으려는 것
처럼 보인다.

-지나가는 여행자인데 하룻밤 묵어가고 싶소.

가르젠은 지갑을 꺼내 흔든다.

-그렇군요. 제가 이 작은 여관의 주인입니다. 손님, 어서

들어오시죠.

그때 가르젠은 마지막으로 에퍼를 한 번 더 보고 싶은 마음에 고개를 돌린다. 에퍼는 눈을 더 크게 뜨고 고개를 저어 들어가지 말라는 시늉을 한다. 피곤하고 굶주린 가르젠은 그 신호를 알아채지 못한다.

– 애야, 손님이 오셨으니 어서 불을 때라.

주인이 에퍼를 향해 손짓하자마자 에퍼는 그의 손이 마치 채찍이라도 되는 양 피한다. 에퍼는 명령대로 손가락을 부지런히 놀리면서 불을 피울 준비를 한다. 눈은 주인을 따라 여관 안쪽으로 사라지는 가르젠의 등에 고정되어 있다.

나는 에퍼의 눈에서 나온 눈물이 재투성이 볼에 지저분하게 번지는 것을 본다. 이런 모습을 보는 것은 즐거운 일이 아니다. 그러나 관찰자의 삶이란 결국 인간의 온갖 추악함을 직시하는 것이다.

나는 에퍼가 불을 피우는 모습을 조금 더 지켜본다. 이 지역에서 나오는 나무는 태우면 연기가 매캐해 실내에서는 불을 피울 수 없다. 그런 까닭에 건물 외부 화덕에서 불을 피우고 내부로 열이 전달되게 만들어 놓았는데 아주 불편한 일이다. 그래서 떠도는 고아를 잡아다가 짐승처럼 키우며 불을 지키게 하는 게 드문 일은 아니다.

주인은 가르젠을 차가운 의자에 앉혀 놓고 부인과 동생을 깨우러 간다. 나는 졸고 있는 가르젠을 내버려 두고 주인의 뒤를 따라간다.

- 빨리 일어나. 손님이 왔으니까.

부엌 한구석에 마련된 침대에서 자고 있던 부인이 먼저 일어난다. 주인은 옆의 쪽방으로 들어가 자기보다 더 작고 마른 사람을 데리고 온다.

- 자, 저기 밖에 손님이 있어.

주인이 가르젠에게 받은 제국 동전을 흔든다. 주인의 동생 침비는 갑자기 겁먹은 표정을 짓는다.

- 형, 그 말은.

- 그래, 보통 손님이 아닌 것 같아. 지갑이 두둑하더라고.

- 그러니까 형 말은.

- 그래, 이 멍청한 인간아. 해치우자는 뜻이야. 아직 새벽은 오지 않았고 다른 손님도 없고 돈은 두둑하다니 그보다 좋은 게 어디 있어?

형수가 화를 내도 침비는 반박할 생각을 하지 않는다. 평소 같으면 한판 붙자고 나서겠지만 그는 앞으로 벌어질 일에 짓눌려 있다.

- 넌 안 할 거냐?

주인이 묻자 침비의 표정은 더 침울해진다. 주인은 타이르 듯 말을 잇는다.

– 침비, 이것도 가업이다. 네가 하기 싫다면 강요하지는 않겠어. 하지만 여기서 그렇게 번 돈으로 밥을 얻어먹으면서 이 일을 못 하겠다면 나가야지. 어차피 너도 제국에서 사람 찌르고 물건 훔치며 산 주제에 문제가 될 게 뭐가 있냐?

– 물건은 훔쳐도 사람을 찌른 적은 없어.

– 몰래 물건을 훔치나 때려죽이고 훔치나 거기서 거기야. 이크, 시간이 자꾸 흘러가잖아. 얼른 요리부터 해.

주인이 비열하게 웃으며 덧붙인다.

– 먹여서 재워 놓아야 일이 수월할 것 아니야?

그는 그렇게 부인에게 일을 시키고 다시 동생을 설득하기 시작한다. 나는 그 무식하고 설득력 없는 긴 이야기를 듣는 것만으로 머리가 아프다. 그러나 동생은 그의 말을 진지하게 들으며 반쯤은 넘어간 기색이다.

– 자, 다 됐으니까 갖다줘.

주인은 요리를 들고 나간다. 붉은 파르바 열매로 만든 소스가 새의 갈라진 배를 채운 모습은 아무리 보아도 내게는 기괴하다. 소스는 침침한 등불만으로는 빛을 제대로 받지 못해 거무튀튀한 피처럼 보인다.

- 다리가 두 개 다 붙어 있군.

- 물론입니다, 손님. 당연히 두 개 다 붙어 있어야지요. 새 다리는 원래 두 개 아닙니까?

가르젠은 그릇 안을 물끄러미 바라본다. 이번에는 붉은 소스 안에 제법 큼직한 채소들이 보인다. 가르젠은 본래 그렇게 만들어야 하는 법이라고 생각한다. 다리가 하나밖에 없었던 내장 터진 새는 그조차 제대로 지키지 않았다.

주인은 가르젠을 내버려 두고 돌아와 침비에게 얼른 결단을 내리라고 닦달한다. 침비는 그래도 한참 고민하다가 대답한다.

- 사람이란 어차피 다른 생명을 해치며 삶을 유지하는 존재야. 이미 더러워진 손을 이제 와서 깨끗하다고 우길 필요야 없지.

이제부터 벌어질 일이 중요하다. 마땅히 그 순간을 다 보고 나서야 이곳을 떠날 생각이다.

초대 대장장이 왕부터 최근에 물러난 대장장이 왕까지

그 수를 모두 합하면 31명이 된다.

이번에 새로 대장장이 왕이 등극하면

그는 32대 대장장이 왕으로

대장장이 왕 역사책에 기록될 것이다.

IV

아리셀리스가 쌍둥이 형을 만나고 나오자
남은 이들이 예언에 대해 이야기한다

제국의 동쪽 끝, 그러니까 레푸스 왕자의 스타인 왕국 반대편에 있는 땅에도 나라가 하나 있다. 스타인에서 그곳에 가려면 대장장이 신의 신전과 제국 수도를 지나 황폐한 만큼 광활하기로 소문난 에젠 땅을 가로질러야 한다. 그러고 나서 안개와 아고나스로 뒤덮인 쿠오피오라는 작은 마을을 넘어서면 마침내 마법사들이 만든 나라에 도달할 수 있다.

　이 나라에서 이름 높은 에메랄드 가문 출신 아리셀리스는 부름을 받고 아침 일찍 궁정에 들어섰다. 그는 뚜껑을 닫아 놓은 거대한 궁륭과 거기에 매달아 놓은 푸른 인공조명을 보고 한숨을 쉬었다. 어째서 마법사들이란 햇빛을 막고 그런 것을 설치하는지 알 수 없었다.

　마중 나온 시종은 아리셀리스를 왕의 동생으로 대우하고 싶어 하지 않는 눈치였다. 두 사람은 말없이 침울한 푸른 조명을 받으며 회의실까지 걸었다. 아리셀리스는 형이 반년 만에 자신을 부른 이유를 생각해 보려 했지만 불청객이 된 기분이라 집중이 되지 않았다.

회의실 앞에 다다르자 시종은 문도 열어 주지 않고 사라졌다. 아리셀리스는 기분이 상해서 문을 일부러 세게 열었다. 복도와 다르게 회의실 안은 태양이 두 개라도 떠 있는 것처럼 밝았다. 대화 중이던 두 사람이 실눈을 뜨고 들어오는 아리셀리스를 보고 입을 다물었다.

아리셀리스는 거울을 보는 것처럼 자신과 똑같이 생긴 왕을 바라보았다. 그는 여유롭고 자신만만했고 동작에 힘이 넘쳤다. 왕은 우울하고 표정이 좋지 않은 쌍둥이 동생을 보자마자 팔을 벌려 환영했다.

─정말 오랜만이구나, 아우야. 어째서 또 그렇게 찝찝한 얼굴을 하고 나타나는 거냐? 형을 만나는 게 기쁘지 않은 모양이구나.

─형의 시종은 이제 나를 부랑자 정도로 취급하는 것 같아. 인사도 없이 여기까지 데려다 놓더니 문도 열어 주지 않았어.

아리셀리스는 형을 만나자마자 그런 말을 하는 자신이 한심하게 느껴졌다. 그가 형의 손가락을 잡아 예의를 표시하려고 하자 형은 경쾌하게 뿌리쳤다. 형제끼리 그런 예절은 필요하지 않다는 뜻이었다.

　－그랬단 말이지? 굳이 이유를 설명하자면 그는 이제 일반 시종이 아니라 시종장이야. 너는 귀중한 손님이니 여기까지 직접 데리고 오라고 했는데.

　형 라토는 아리셀리스를 보며 웃음을 참지 못했다.

　－시종장인 자신이 그런 하찮은 일을 맡는 것이 마음에 들지 않았던 모양이야. 그렇다고 왕의 동생에게 무례하게 굴다니 분수를 모르는군. 합당한 벌을 내려야겠어.

　－아니야, 그럴 필요까지는 없어.

　아리셀리스는 손을 내젓다가 왕의 곁에 서 있는 카르멘을 쳐다보았다. 그녀는 흥미롭다는 듯이, 어떻게 보면 비웃는 표정으로 그를 보고 있었다. 루비 가문 사람들이 모두 그러하듯 그녀도 붉은색 옷을 입고 있었다. 하얗게 센 머리카락 사이의 붉은 머리 다발이 아리셀리스의 눈을 어지럽게 했다.

　라토와 자신이 입고 있는 에메랄드색 옷은 그에 비하면 수수하게 보였다. 아리셀리스는 성격도 가문의 상징인 보석의 색깔과 다르지 않다고 생각했다. 에메랄드 가문 사람들은 대체로 루비 가문 사람들의 격정을 따라가지 못했다.

　－수석 마법사님.

　카르멘은 대답 대신 아리셀리스에게 고개만 끄덕였다.

―언제부터 카르멘을 그렇게 불렀던 거야?

형은 정말로 몰랐다는 듯이 물었다.

―라토, 내가 이 자리를 차지한 다음부터 네 동생은 항상 날 그렇게 불렀어.

아리셀리스는 잘난 수석 마법사가 왕을 이름으로 부른다는 사실에 더 놀랐다. 공식적인 자리에서는 언제나 예의를 갖춘 모습만 보았다. 그러고 보니 세 사람이 그렇게 따로 만난 것은 어린 시절 이후로 처음인 것 같았다. 아리셀리스는 두 사람에게 더욱 거리감을 느꼈다.

―부름을 받고 이렇게 왔으니 명을 내려 주시면 받들겠습니다.

라토는 아리셀리스의 비꼬는 말투를 적당히 웃어넘겼다. 카르멘은 여전히 아리셀리스를 깔보면서도 경계하는 표정이었다. 묘한 적의가 카르멘에게서 흘러나와 아리셀리스를 불편하게 했다. 그 미움의 원인을 전혀 짐작할 수 없는 것은 아니었다.

―그래, 동생을 힘들게 오라고 했으니 꾸물거리지 말고 용건을 말해야겠지.

라토는 왕을 위해 마련된 의자에 가서 앉았다.

―아리셀리스, 황제가 외교 문서를 보냈어.

라토는 동생이 그 말에 놀라기를 기대했지만 아리셸리스는 놀라야 할 이유를 찾지 못했다.

- 외교 문서?

- 그래. 외교 문서 말이야.

- 황제가 보낸 외교 문서가 나랑 상관이 있다는 말이야?

- 너와 직접적인 상관이 있는 것은 아니지만 이 나라에는 중요한 문제지. 이 나라를 다스리는 나에게도 중요한 문제고. 내게 중요한 문제는 네게도 중요한 문제고. 그렇게 생각하지 않니?

라토는 조금 당황한 기색으로 긴 머리 가운데 묻힌 땋은 가닥을 만지작거렸다. 라토의 머리카락은 색이 예쁘게 빠져서 은으로 자아낸 실처럼 우아하게 보였다. 아리셸리스는 자신의 머리카락은 그에 비해 회색 실처럼 초라하다고 생각했다.

- 너는 황제가 외교 문서를 보낸 것이 별일 아니라고 생각하겠지. 그런데 실제로는 아주 드문 일이야. 우리가 마지막으로 외교 문서를 받은 것은 내가 왕이 되기도 전이었어. 무려 8년 전 일이지.

- 그러면.

- 맞아, 그때 작은 전쟁이 일어났고 황제와 왕들이 모여서 평화 조약을 맺었지. 조약의 유효 기간은 정확히 10년이었어.

10년 후에 갱신하기로 약속하고 모임을 파했어. 그리고 8년이 지난 지금 황제는 평화 조약을 얼른 갱신해야 한다고 말하고 있어.

그때는 형제와 카르멘이 격의 없이 어울려 놀던 시절이었다. 아리셀리스에게는 그 사실만 중요하게 느껴졌다. 형의 역사 수업에는 관심이 가지 않았다.

─당시 조약을 주도했던 대장장이 왕이 신의 은총을 잃었다는 이유로 말이야. 그로 인해 모든 것이 무효가 된 셈이니 이제 새 조약이 필요하다는 거야.

라토는 동생의 정신이 다른 곳에 쏠린 것을 파악했다. 동생의 눈길이 사방으로 향하다가 결국 카르멘에게 모이는 것도 알았다.

─당연히 외교 문서에 직접적으로 그렇게 쓰여 있는 것은 아니야. 역사책을 뒤져야 찾을 수 있는 고사와 옛 문학의 까다로운 비유와 낡은 표현으로 숨겼지. 제국의 외교 문서는 곰팡내가 나서 아무도 들여다보지 않는 책보다 더 낡았어.

─나도 별로 읽고 싶다는 생각은 들지 않는데.

─읽어 봐야 우리 힘으로는 해석할 수도 없어. 어쨌든 황제는 평화를 원하지 않아. 그건 확실하지. 황제가 지금 평화 조약을 갱신하려는 것은 정말 전쟁을 피하려는 목적은 아니야.

-그러면?

-황제가 스타인에 까마귀 발톱을 파견했어. 대장장이 신의 사제들이 새 후보를 찾기 시작했거든. 황제는 가르젠이 후보를 찾으면 둘 다 죽일 생각인 것 같아. 가르젠이라는 이름은 너도 들어 본 적 있지?

-대장장이 신의 사제를 죽이겠다고? 그랬다가는 아무리 제국이라도 무사하지 못할 거야. 아니, 대장장이 왕 후보를 죽이는 게 더 큰일인가?

-둘 다 큰일이지. 황제는 자기가 죽였다는 증거를 남기지 않으려고 할 거야. 증거가 없고 심증만 있으면 복수할 수 없으니까. 황제의 계획이 성공하려면 모든 일이 시기에 맞게 이루어져야 해.

아리셀리스가 관심을 보이자 라토는 기뻐하며 말을 이어 나갔다.

-일단 새 대장장이 왕을 정하지 못하게 가르젠과 후보를 죽이는 거야. 그리고 대장장이 신의 사제들이 다시 후보를 찾기 전에 조약을 갱신해. 그러면 뒤늦게 세워진 대장장이 왕은 다음 조약 때까지 다른 나라들에 개입할 수 없어. 황제는 그렇게 할 수 있다는 계산이 섰으니 적극적으로 나서는 거겠지.

-그게 무슨 의미가 있다는 건지 나는 전혀 모르겠어. 정치

는 나와 거리가 먼 분야인 탓인지 아니면 내가 머리가 나빠서인지.

– 황제는 제국의 대장장이들이 대장장이 왕의 지배에서 벗어나기를 바라고 있어. 새 평화 조약이 유효한 10년 동안 전쟁 준비를 할 계획인 거야. 다음 조약을 맺을 때가 되면 갱신을 거부하고 전쟁을 일으켜 주변 왕국을 차례로 점령하겠지. 지금부터 10년 후에 통일된 제국을 만들 준비를 하는 거야.

– 하지만 그때는 새 대장장이 왕이 나와 있을 텐데?

– 대장장이 왕도 결국 한 명의 인간일 뿐이야. 내가 모든 마법사의 왕이라도 힘에 한계가 있는 것과 똑같아. 한 인간이 모든 것을 좌지우지할 수는 없어. 지금이라면 황제의 계획을 방해할 수 있겠지만 10년 후에는 너무 늦을 거야.

– 그런 거창한 이야기 속에서 내가 맡을 수 있는 역할이 있다고?

– 물론이지. 네가 해 줄 수 있는 어려운 일이 하나 있어.

– 그게 뭔데?

– 내가 직접 황제의 계획을 방해하면 제국을 적으로 돌릴 수 있어. 하지만 떠돌이 마법사 한 명이 스타인을 여행하다 가르젠을 돕는다면 어떨까?

– 떠돌이 마법사?

- 형과의 권력 투쟁에서 패하고 쫓겨나 사방을 유랑하는 마법사라면 그럴 수 있지. 나는 동생이지만 그를 도저히 통제할 방법이 없다고 주장할 거야. 다행히 저들은 우리의 사정에 밝지 못해.

- 그러면 나를 스타인으로 보내겠다는 거야?

- 여기서 스타인까지는 걸어서 30일이 걸리니까 당장 출발해야 돼. 우리가 황제의 음모를 여기까지 해석하는 데 시간이 너무 오래 걸렸어. 어쩌면 가르젠과 후보가 벌써 죽었을지도 몰라. 이미 후보 한 명이 죽었다는 말이 떠돌고 있어.

- 형 말대로 내가 간다고 하자. 어떻게 그 두 사람을 찾아낼 수 있겠어?

- 가르젠은 아마 대장장이 신의 힘이 깃든 물건을 지니고 있을 거야. 그와 어느 정도 가까워지면 넌 그 기운을 느낄 수 있어.

- 황제가 같은 생각을 했다면 사제랑 후보는 이미 죽었겠는데?

- 아리셀리스.

라토는 모처럼 왕답게 진지해진 얼굴로 자신의 쌍둥이 동생을 쳐다보았다.

- 우리처럼 위대한 마법사는 흔하지 않아. 우리가 할 수 있

는 많은 일이 보통 마법사에게는 어려워. 심지어 황제의 곁에서 마법을 안다고 말하는 재롱둥이들은 흉내도 내지 못해. 마법의 흐름을 느낄 줄 아는 사람만이 진정한 마법사인 거야.

아리셀리스는 그 말을 듣는 순간 둘 사이를 흐르고 있는 마법의 기운을 인식했다. 평소에는 바람처럼 자연스럽게 여겨서 신경 쓰지 않던 것이었다. 그에게는 그 흐름이 마치 형제를 갈라놓고 있는 경계선처럼 느껴졌다.

형의 말이 거짓은 아닐 것이다. 그러나 아리셀리스는 형에게 다른 속셈도 있다는 것을 알아차렸다. 말 그대로의 목적이라면 신하 중 한 명을 보내면 그만이었다.

– 형이 나를 믿고 보낸다면 싫다고 말할 수 없겠지.

– 왕자님.

그동안 가만히 듣고만 있던 카르멘이 대화에 끼어들자 아리셀리스는 불쾌해졌다. 이 나라에서 왕자님이란 말은 어린 아이에게나 쓰는 말이었다. 자라서 의젓해지면 그런 호칭 대신 이름을 불렀다. 카르멘은 분명히 일부러 그런 말을 써서 아리셀리스가 당황하게 만들려고 했다.

– 그 옷을 그대로 입고 가시면 안 됩니다. 혹여 그 옷 위에 다른 옷을 겹쳐 입을 생각도 하지 마세요. 에메랄드 가문이 왕족이라는 것은 우리 나라가 아니라도 잘 알려져 있으니까요.

－그런 걱정은 하지 않으셔도 됩니다, 수석 마법사님. 저는 에메랄드 가문이라는 것에 어떤 자부심도 느끼지 않습니다.

아리셀리스는 형의 눈치를 보며 덧붙였다.

－이 옷의 색깔은 저에게 영광이 아니라 속박입니다. 벗을 수 있는 곳에서라면 한시도 입지 않아요.

아까부터 여유만만하던 라토조차 그 말에는 놀라서 입을 벌렸다. 아리셀리스는 괜한 말을 꺼낸 것을 조금 후회했다. 그러나 형과 카르멘을 조금이라도 당황하게 하지 않고는 도저히 견딜 수가 없었다.

아리셀리스는 문을 열고 나오기 전에 마지막으로 뒤돌아 형의 모습을 눈에 새겼다. 의자에 앉은 형에게서 왕의 자리가 주는 무게가 느껴지는 것 같았다. 둘은 형제였고 외모가 거의 똑같았지만 처지는 전혀 달랐다.

아리셀리스가 나가고 난 뒤 라토는 이마에 깊은 주름을 만들며 고개를 가로저었다.

－아리셀리스는 내가 자기를 보기 싫어서 쫓아내려 한다고 생각할 거야.

－라토, 이 모든 일은 필연적인 과정이야. 죄책감을 느끼면 통치자는 아무것도 할 수 없어.

라토는 아리셀리스가 나간 문을 뚫어지게 들여다보고만 있었다.

  ─ 어렸을 적에는 우리 셋이서 참 많이도 돌아다녔었는데. 그때는 정말 즐거운 시간이었어. 마법이 우리 몸에 깃들게 되면서, 머리카락이 하얗게 세면서 모든 게 달라졌어.

  라토는 의자의 팔걸이를 움켜쥐었다.

  ─ 나는 왕이 되고 너는 신하가 되고 아리셀리스는. 아리셀리스는 외톨이가 되었지. 그 아이는 부당한 취급을 받고 있어.

  ─ 그 아이는 자기 운명에 마땅한 대우를 받는 거야.

  ─ 아리셀리스는 우리가 감당할 수 없을 만큼 큰 재능을 가지고 태어났어. 나는 예언자들의 헛소리를 무시하고 싶어.

  ─ 때로 예언이 빗나가기도 하지만 그건 인간의 의지가 유별난 경우뿐이야. 예언 대부분은, 특히 우리가 받는 예언은 쉽게 빗나가지 않아.

  라토는 자리에서 일어나 카르멘에게 가까이 다가갔다. 라토가 얼굴을 들이밀자 카르멘은 자신도 모르게 한 걸음 뒤로 물러섰다.

  ─ 그러면 어째서 위대한 내가 예언을 초월하는 의지를 가진 사람이 아니라고 생각하는 거지? 너도 그 말이 미래에 실현될 거라고 믿는 거야? 내가 젊은 나이에 죽고 아리셀리스가 왕이 되리라는 예언 말이야.

─그건 예언을 정확하게 해석한 게 아니야. 정확한 해석은 아리셀리스가 너를 죽이고 왕이 된다고 말하고 있어.

─그 망할 옛말에서 죽는다는 뜻을 가진 동사 레벤은 행위자를 가지지 않아. 왜냐하면 모든 죽음은 인간의 손을 떠나 운명의 지배를 받으니까. 사람이 사람을 죽이는 것도 사고로 죽는 것도 자살하는 것도 전부 운명의 뜻이지. 어쩌다 사람이 다른 사람을 죽여도 그건 운명의 도구로 사용된 것뿐이야.

카르멘도 익히 아는 사실이었지만 잠자코 듣기만 했다.

─레벤은 시간에 따른 변화도 없는 동사인데 생명체는 죽음이 본질이기 때문이지. 사는 것은 일시적인 상태의 변화이고 긴 세월 동안 계속 죽어 있어야 하니까. 그 문장은 단순히 내가 죽고 아리셀리스가 왕이 된다는 내용이야. 내가 어떤 이유로든 죽으면 재능 있는 내 동생이 왕위를 이어받을 수 있어.

라토는 다시 자리에 앉으면서 말을 이었다.

─그건 드문 일도 이상한 일도 아니지. 그런데 어떻게 예언자란 것들은 그 문장을 아리셀리스가 나를 죽인다고 해석한 거지? 차라리 아리셀리스에게 전부 털어놓고 관계를 회복하고 싶어.

─예언을 실현시킬 주인공에게 예언을 말하는 것은 극히 위험하다고 하잖아. 더 나쁜 방향으로 예언이 바뀌게 될 거

라고.

　─그건 예언자들의 헛소리에 불과해. 그 예언을 아는 사람들은 모두 나와 아리셀리스 사이를 갈라놓고 있어. 이런 식이라면 아리셀리스가 나를 미워하는 것도 무리가 아니야. 지금 당장 아리셀리스가 칼로 내 옆구리를 찌르더라도 감사하게 생각하겠어.

　라토는 자신도 모르게 천장에서 빛나는 인공조명 하나를 바닥으로 끌어당겼다. 라토의 힘에 끌린 둥근 조명이 마치 저절로 떨어지는 것처럼 바닥에 부딪혔다. 깨진 유리 조각이 튀자 카르멘이 보이지 않는 막을 만들어 두 사람을 보호했다.

　─넌 정말 동생 이야기만 나오면 갑자기 아이처럼 냉정함을 잃는구나.

　─반대로 넌 그 예언을 들은 다음부터 아리셀리스를 미래의 반역자로 대했지. 그것도 아리셀리스가 눈치챌 만큼 노골적으로.

　─그래, 맞아. 난 그렇게 했어.

　─영문도 모르고 나라 전체의 미움을 받는 아리셀리스는 그다음부터 저렇게 우울한 녀석으로 변했고.

　─그 아이를 예전처럼 대하다가 예언이 실현되는 것은 더 고통스러워.

—그래서 미리 배척했다는 거야?

—그래, 난 그렇게 했어. 그리고 지금 아리셀리스가 이 나라를 떠난다고 해서 아주 만족스러워. 둘이 떨어져 있으면 한쪽이 다른 한쪽을 죽일 방법도 없을 테니까.

—내가 지금 그 예언자들을 전부 죽이고 싶어 한다는 걸 그들도 예언할 수 있을까? 처음부터 이 나라에 그 인간들을 받아들이는 게 아니었어.

—예언자가 아니더라도 네가 그렇게 하지 않을 줄 알고 있어, 라토. 그리고 예언자들은 이미 이 나라의 일부분이야.

카르멘은 화를 참지 못해 먼저 방을 나가는 라토를 보며 형제를 생각했다. 두 사람은 세간의 평처럼 전혀 반대인 성격이 아니라 많이 닮았다. 형은 장점을 드러내고 단점을 숨기는 데 익숙했고 동생은 반대였다. 카르멘은 어쩌면 동생이 그렇게 행동하는 것이 용기일 수도 있겠다고 생각했다.

—아리셀리스.

카르멘은 오랜만에 그 이름을 나직하게 불러 보았다. 아까 그를 왕자님이라고 불렀던 것은 입술이 그 이름을 어색하게 느낀 탓이었다.

아리셀리스는 이미 집으로 돌아와 거실 한가운데 자신이 가장 아끼는 의자에 앉아 있었다. 한참이 지나고 나서야 앞으로 해야 할 일이 손에 잡히지 않는 연기처럼 막연하다는 깨달음이 왔다.

아리셸리스는 여러 가능성을 생각하며 손을 놀리다 무심코 불꽃을 만들었다. 아리셸리스의 손바닥에서 푸른 불꽃은 차츰 형체를 띠었다. 탐스러운 머리카락이 자연스럽게 출렁이며 눈을 현혹했다. 불꽃 속에서도 냉정한 얼굴은 그대로였다.

─카르멘.

아리셸리스가 증오와 애정을 한꺼번에 담아서 그렇게 속삭이자 불꽃이 꺼졌다.

마법사들은 초대 황제를 도와 전쟁에 참전했고

결정적인 승리를 안겨 주었다.

전쟁이 끝나고 황제는 마법사들의 지도자를 불러 말했다.

– 우리가 차지한 땅 어디라도 그대가 원한다면 줄 것이오.

– 그렇다면 일 년 내내 안개가 걷히지 않는 땅,

쿠오피오의 안쪽 숨은 분지가 좋겠습니다.

황제가 영문을 모르겠다는 표정을 짓자

지도자가 웃으며 말했다.

– 이런 말이 있지요. 마법과 예언은 멀리 둘수록 이롭다.

그 말은 그대로 속담이 되어

제국에서 지금도 흔하게 쓰이고 있다.

그러나 애초에 그 땅을 고른 이유가

대장장이 왕의 신전이 있는 서쪽 분지와

멀리 떨어져 있어서라고 말하는 사람들도 있다.

V

스타인 땅에서 책을 벗 삼아 외로운 밤을
보내던 노인에게 믿을 수 없는 손님이 찾아온다

그 집에 가려면 지금은 왕이 없다고 일컫는 스타인의 어느 작은 마을 입구에 들어가자마자 오른쪽으로 꺾은 다음 울타리를 따라 죽 걸어야 했다. 울타리가 둔한 각을 이루며 꺾이는 부분에 걸쳐 있는 집은 다른 집들에 비해서 조그마했다. 혼자 살기에 적합한 것을 넘어 혼자서만 살 수 있는 집이었다. 그 집에서는 매일 저녁 똑같은 풍경이 펼쳐졌다.

해가 지면 식탁 위에 그을음이 많이 나는 싸구려 등불을 올려놓는다. 매캐한 냄새를 맡으면서 딱딱한 빵 한 조각을 물에 적셔 억지로 씹는다. 즐거움을 도려낸 식사를 끝내면 책장을 둘러보며 어떤 책을 고를까 고민한다. 그 사이 책 틈에 숨어 있던 쓸데없는 기억들이 기어 나오기 시작한다.

노학자 플리니는 머리를 흔들어 기억을 떨치며 한참 동안 책을 골랐다. 책들은 본래 귀중한 것들이었지만 오래 읽어 때가 타고 사연이 묻어 그렇게 보이지 않았다. 마침내 집어든 것은 한때 가까웠던 동료의 것이었다. 『카니세리움과 그 아종의 잡식 습성에 관한 실증적 연구』.

카니세리움이 육식 괴물 중에서 가장 강하고 영리한 사냥꾼이라는 사실에는 누구도 이견이 없다. 그보다 위에는 우리가 영물이라고 분류하는 용 같은 생물이 있다. 그러나 영물은 인간 이상의 존재로 여겨져 보통 숭배나 경외의 대상이 된다. 따라서 이들을 연구 대상으로 삼는 것은 거센 반발에 부닥치게 되어 있다.

플리니는 책의 첫 부분을 읽으며 친구가 그 책을 처음 선물하던 순간을 떠올렸다. 그런데 솔직히 말하면 얼굴이 기억이 나지 않았다. 묘하게 떨리던 그의 높은 목소리와 거기서 묻어나는 자부심이 얼굴 윤곽을 지워 버린 것 같았다.

카니세리움을 해부할 기회는 우연히 찾아왔다. 보통 카니세리움은 자기가 은밀하게 죽을 장소를 따로 고른다고 알려져 있다. 그래서 카니세리움의 무덤은 비밀스러운 장소에 대한 비유로 쓰이기도 한다.

플리니는 몇 쪽을 빠르게 넘겨 읽고 싶었던 부분을 찾았다.

카니세리움은 인간과 마찬가지로 위가 하나이다. 나는 카니세리움의 커다란 위 속에서 다 소화되지 않은 식물 줄기를 발견했다. 그 양은 우연이나 실수라고 할 수 없을 만큼 많았다. 나는 이것이 카니세리움의 식이에 대한 통상적인 이론을 반증할 첫 증거라고 생각해 몸을 떨었다.

처음 그 부분을 읽었던 젊은 시절의 플리니도 몸을 떨었던 기억이 남아 있었다. 그때나 지금이나 카니세리움에 대해서는 알려진 것이 정말 적었다. 그리고 카니세리움은 당연히 육식 괴물로 알려져 있었다.

나는 다른 카니세리움을 해부해 봄으로써 더 많은 증거를 얻기 원했다. 그러나 앞에서 밝혔듯이 이는 극도로 어려운 일이었다. 내가 추적을 계속할 수 있는 실마리는 위 속에 든 식물의 정체를 밝히는 것에서 나왔다.

책을 읽는 플리니의 입가에서 자꾸 미소가 흘러나왔다. 친구의 책은 박물학자의 연구 보고서라기보다는 모험담처럼 읽혔다. 그는 정말로 모험가다운 인생을 산 박물학자였다.

내가 카니세리움의 영역 안으로 들어가겠다고 말하자 안내자는 나를 말렸다. 카니세리움은 냄새에 민감해 영역에 들어온 사람의 흔적을 쉽게 찾는다고 했다. 인간은 카니세리움에게도 위험한 존재라 끝까지 쫓아와 복수한다고 했다. 안내자는 나를 버리고 자기 마을로 돌아가 버렸다.

그리고 이어지는 부분에 논란을 일으킨 구절이 있었다.

나는 그 거대하고 위엄 있는 존재 앞에 엎드려 있었다. 그가 나에게 가까이 다가오는 것을 피부에 눈이 달린 것처럼 느낄 수 있었다. 그는 나를 한동안 바라보며 마치 인간처럼 깊은 생각에 잠겨 있었다. 이내 그는 떠났고 나는 떨리는 다리로 딴에는 전속력으로 도망쳤다.

이 구절의 신빙성은 여전히 의심받았다. 카니세리움이 인간을 죽이지 않고 그냥 보내 주었다는 말을 아무도 믿지 않았다. 플리니는 당시에 친구가 모험을 조금 과장했을 수도 있다고 생각했다. 그러나 그 때문에 이론까지 싸잡아 매도할 필요는 없었다.

눈이 침침해서 더 읽지 못하고 책을 덮었다. 플리니는 특별한 일이 없으면 하루에 말을 한마디도 하지 않을 때가 많았다. 고독한 삶은 실제로 나는 소리와 마음에서 들리는 소리를 구분하기 어렵게 했다. 그래서 플리니는 아까부터 들리는 소리를 환청인 양 오해하고 있었다.

그런데 정말 누가 나직하고 정중하고 절도 있게 문을 계속 두드리는 중이었다. 플리니는 찾아올 사람이 없는 사람답게 한순간 긴장했다. 그러나 위험한 자라면 문을 부수고 들어오겠다는 생각이 들자 안심했다.

플리니는 책을 다시 책장에 꽂고 천천히 문으로 걸어가 문을 열었다.

바깥에서 문을 두드리던 남자는 멋지게 차려입은 장교처럼 보였다. 근육이 필요한 곳에만 알맞게 붙은 몸은 날씬하면서도 단단했다. 입 주변을 둘러싼 수염은 잘 손질한 흔적이 남아 있었다. 깊은 눈매는 겉모습과 다르게 생각이 많은 사람이라는 것을 느끼게 했다.

─플리니 님이 맞으십니까?

플리니는 말을 하면 목소리가 제대로 나오지 않을까 걱정되어 고개를 끄덕였다.

─저는 왕의 명령을 받고 여기에 왔습니다. 제 이름은 마르쿠스입니다.

– 왕이라면, 스타인의 왕을 말하는 것입니까?

플리니는 결국 입을 열어 물을 수밖에 없었다. 다행히 목소리는 멀쩡했다.

– 물론입니다, 이 땅에 달리 또 어떤 왕이 있겠습니까?

마르쿠스의 용건은 짧지 않을 듯싶었다. 플리니는 일단 안으로 들어올 것을 권했고 마르쿠스는 부하들에게 손짓했다. 부하들이 건네준 상자를 들고 마르쿠스는 집 안으로 천천히 들어갔다.

마르쿠스는 집 내부가 예상과 크게 다르지 않다고 느꼈다. 다만 한쪽 구석에 있는 책장에는 귀중한 책이 많아 보였다. 이 지역의 강도들이 조금만 똑똑했다면 노인의 목숨은 없었겠구나 싶었다. 공권력이 사라진 다음부터 스타인 사방이 강도 천지였다.

– 미안하지만 내게는 대접할 만한 것이 없습니다. 왕이 왜 당신을 보냈습니까?

마르쿠스에게 앉기를 권하면서 플리니가 물었다. 의자가 하나라서 마르쿠스가 앉으면 플리니는 서 있어야 했다. 마르쿠스는 그래도 호의를 거절하지 않고 앉았다. 상자는 책상 귀퉁이에 올려 두었다.

– 왕이 저를 보내신 것은 좋은 뜻입니다. 그전에 한 가지 여

쥐도 되겠습니까?

– 그러십시오.

– 여기 혹시 직접 쓰신 생물의 새로운 분류, 그 비슷한 이름의 책이 있습니까?

플리니는 대답 대신 책장으로 걸어가 책을 한 권 뽑아 마르쿠스에게 내밀었다.

– 『생물의 분류, 괴물과 동물 구별의 새로운 기준』 바로 이거군요.

– 제국 문자를 읽을 줄 아십니까?

– 그럼요, 저도 한때는 꽤 출세할 줄 알고 배워 두었습니다.

마르쿠스는 조심스러운 태도로 책을 내려놓았다.

– 그런데 결국에는 한때 왕이었던 시골 영주를 모시게 되었군요. 그 책은 왜 찾았습니까?

– 제가 모시는 왕자님이 플리니 님을 존경하고 계십니다. 스타인에서는 이 책을 구할 수가 없어서 읽을 기회 얻기를 항상 원하셨죠.

– 술주정뱅이 왕자 말이군요?

스타인 땅을 밟아 본 사람치고 그 소문을 모르는 사람은 없었다.

– 과실주를 지나치게 즐기시는 것은 사실이지만 주정은 없

습니다.

플리니는 입을 다물었다. 마르쿠스는 플리니의 머릿속에 떠오른 생각이 있다는 것을 알고 가만히 있었다. 혼자 있는 시간이 많은 사람은 그런 버릇이 생길 수 있었다. 마르쿠스는 존재 자체를 지워 노학자를 배려하는 일을 기쁘게 받아들였다.

- 미안합니다. 나쁜 버릇이라.

- 괜찮습니다, 저는 개의치 마십시오.

- 몇 가지를 생각해 보았는데 하나는 도저히 알 수 없군요.

- 무엇 말씀이십니까?

- 기억을 더듬어 보니 마르쿠스라는 이름이 낯설지 않습니다. 당신은 무스텔라 왕의 총리이자 비서이자 장군이지요. 나라가 망하지만 않았다면 대단한 권세를 누렸을 사람입니다. 그런 사람이 어째서 내 집에 찾아왔을까?

플리니는 마르쿠스 대신 고개를 돌려 책장을 보았다.

- 다른 건 대충 파악할 수 있지만 그건 알 수가 없군요.

- 그러실 수밖에 없을 겁니다. 제가 찾아온 것은 돌발적인 상황 때문이니까요.

- 돌발적인 상황?

- 플리니 님은 한동안 여기를 떠나 제국에 계셨지만 상황은 잘 아실 겁니다. 8년 전 이 나라가 몰락하게 된 사연을 말입

니다.

– 대충 남들이 아는 것만큼 알고 있습니다.

– 그 후로 8년 동안 우리나라는 다른 나라로부터 없는 나라 취급을 받았습니다. 공식적인 외교 대상도 아니었지요. 다른 것보다도 무스텔라 왕께서는 8년 전 평화 조약에 참가하지 못했으니까요.

– 거기까지는 저도 들은 적이 있습니다.

– 그리고 8년이 지난 지금 황제는 조약을 갱신하자고 말하고 있습니다. 어차피 조약의 기한이 10년이니 여유롭게 갱신하는 것이 좋다고 말입니다. 각국에 황제의 외교 문서가 전달되고 있습니다.

– 대장장이 왕이로군.

플리니가 작게 중얼거렸다.

– 예?

– 혼자 사는 노인의 버릇이니 계속 말씀하십시오.

– 무스텔라 왕께서는 그 소식을 듣고 난 뒤 고민에 빠지셨습니다. 왕께서 적극적으로 조약에 참가하겠다고 나서면 황제의 심기를 건드리겠지요. 그렇다고 가만히 있으면 향후 10년 동안 다시 왕국의 지위를 잃게 됩니다.

플리니는 마르쿠스의 말을 천천히 곱씹더니 대답했다.

- 그건 정말 해결하기 쉽지 않아 보이는 문제군요. 그래, 무스텔라는 해결책을 찾아냈습니까? 설마 저에게 그 문제로 조언을 구하러 온 것은 아니겠지요? 저는 정치에 문외한입니다.

마르쿠스는 빙그레 웃으며 옆으로 치워 두었던 상자를 끌어왔다. 플리니는 상자가 있다는 사실도 모르다가 놀란 얼굴이었다.

- 왕께서는 해결책을 찾아내지 못하셨습니다. 제 부족한 능력 탓에 제대로 조언해 드리지도 못했고요. 그런데 어느 날 황제의 까마귀 발톱 한 부대가 나타나 이것을 가지고 왔습니다.

마르쿠스는 상자를 열고 그 안의 내용물을 꺼냈다. 가장자리를 금실로 장식한 두루마리였다. 종이에 비치는 무늬는 플리니의 눈에 익숙했다. 플리니는 자신도 모르게 감탄사를 내뱉었다.

- 황제의 외교 문서로군.

- 그렇습니다. 정식으로 사절을 통해 보낸 것은 아니지만 어쨌든 외교 문서입니다.

마르쿠스가 감격에 찬 말투로 대답했다.

- 까마귀 발톱이 이걸 가지고 왔다고 했습니까?

흥분을 가라앉힌 플리니는 이제 의심이 떠오르는 것을 숨기지 않았다.

－그렇습니다.

－혹시 까마귀 발톱이 외교 문서 외에 부탁한 사항이 있지 않았습니까?

－그걸 어떻게 아셨습니까?

－까마귀 발톱 한 부대가 왔다고 하지 않았습니까? 그들을 보냈다면 반드시 이유가 있는 법입니다. 문서 전달만으로는 부족하지요.

－정확히 말하면 부탁이 아니라 통보였습니다. 까마귀 발톱이 옛 스타인 영토에서 도망자를 추적할 예정이라고 했습니다. 거기에 대해서는 나중에 자세히 말씀드릴 기회가 있을 겁니다. 지금 중요한 것은 바로 이 외교 문서지요.

－만약 묻는 것이 허용된다면 그 내용이 무엇입니까? 새로운 평화 조약에 참여해도 좋다는 내용이 담겨 있습니까?

플리니의 질문을 기다렸다는 듯이 마르쿠스가 대답했다.

－저희는 모릅니다.

플리니는 건들건들해 보이는 장교가 자신을 상대로 장난을 친다고 생각했다. 그러나 마르쿠스는 진지한 태도를 거두지 않았다.

－정말 모릅니다. 농담하는 것이 아닙니다.

－정말 모른다고요?

─ 물론 읽을 수는 있습니다. 무스텔라와 레푸스 부자께서는 어린 시절부터 제국 문자를 배우셨습니다. 그리고 하다못해 저도 읽는 것 정도는 가능합니다.

─ 그런데 어째서?

플리니는 묻다 말고 악명 높은 외교 문서에 대한 소문을 기억해 냈다. 외교 문서는 단 한마디도 직설적으로 의미를 알려 주는 법이 없었다. 전설, 일화, 역사, 상징, 비유, 신화, 격언 등이 복잡하게 뒤섞여 있었다. 어릴 때부터 해석을 위해 교육받지 않은 사람에게는 수수께끼나 마찬가지였다.

─ 8년 전 왕을 모시던 가이우스 서기관은 훌륭한 분이셨습니다. 왕을 따라 종군해서 전쟁의 기록을 남기겠다고 끝까지 청했습니다. 그러나 왕께서 건강이 좋지 못한 그를 염려하여 성에 남게 하셨습니다. 중간에 가족의 피난을 도우러 갔다가 병에 걸려 세상을 떠났지요.

─ 이후로는 분명히 후임이 없었을 테고요.

─ 그렇습니다. 작은 영지를 다스리는 일에 서기관은 필요하지 않지요. 외교 문서를 해석할 일도 없었고요.

─ 그렇다면 여기에 온 이유를 잘 알겠습니다. 내가 제국 대학에 있다가 쫓겨난 사람이니 외교 문서를 해석해 달라는 것 아닙니까?

－그럴 수는 없습니다. 황제의 외교 문서는 극비 사항입니다. 그 속에는 알려지면 안 되는 정보가 넘쳐나지요. 아무리 급해도 플리니 님께 당장 해석해 달라고 부탁할 수는 없는 노릇입니다.

－그러면 어째서 나를 찾아왔습니까?

플리니는 정말 영문을 모르겠다는 태도였다. 마르쿠스는 그의 태도에 속임이 없다는 것을 알고 기뻐했다.

－무스텔라 왕께서는 플리니 님을 스타인의 새로운 서기관으로 모시려고 합니다. 직접 뵙기를 원하셨지만 연금 상태로 영지를 벗어날 수 없는 까닭에 저를 보내셨습니다. 플리니 님은 먼저 정식으로 서기관이 되신 후에 외교 문서를 해석해 주십시오.

－그, 그건 말도 안 되는 소립니다.

－그리고 또한 레푸스 왕자님의 스승이 되어 주기를 원하십니다. 아까 말씀드렸다시피 레푸스 왕자님은 박물학에 관심이 많으십니다. 만약 연금되지 않았다면 당장 여기로 달려와서 제자가 되고 싶다고 하셨지요. 나라의 미래를 위해서라도 왕자님에게는 고급 교육이 필요합니다.

플리니는 당황한 사람이 흔히 그러하듯이 행동이 눈에 띄게 느려졌다.

-어떻게 하시겠습니까?

-나는 생각할 시간이 필요합니다.

-저는 오늘 결론을 내서 돌아가야 합니다. 사태가 시급하니까요. 황제의 외교 문서는 반드시 정해진 시간 내에 답장을 보내야 합니다.

-제가 그 일을 맡을 수 있을지 모르겠습니다. 그리고 참고할 책들이 많이 필요한데 저는 그런 책들이 없습니다.

-외교 문서를 해석하는 데 필요한 책은 왕의 서재에 모두 있습니다.

-제가 그럴 만한 자격이 있는지 모르겠군요.

-플리니 님, 이 스타인 땅 전체에 플리니 님보다 더 적합한 분은 없습니다. 오늘 거절당하면 저는 외교 문서를 가지고 제국으로 가야 합니다. 해석하지 못한 것에 대해 사과하기 위해서지요. 황제는 아마 제가 모시는 왕과 저를 비웃을 겁니다.

플리니는 어지러워 벽에 손을 짚고 숨을 골랐다.

-조금 더 생각할 시간을 주십시오.

-그러면 저는 혼자 편하게 계실 수 있도록 밖에서 기다리고 있겠습니다.

마르쿠스는 그대로 집에서 나와 기다리던 병사들과 시간을 보냈다. 병사들에게 잡담하면서 목소리가 커지는 일이 없도록 주의를 주었다. 병사들은 지루해하고 마르쿠스는 미동 없이 낡은 문만 뚫어지게 보았다.

두 시간이 지나고 나서야 문이 열렸다. 마르쿠스가 반색하며 몸을 일으켰다.

– 왕이 그렇게 저를 원한다면 기꺼이 가서 감당할 수 있는 일을 해 보겠습니다.

– 잘 선택하셨습니다.

– 그런데 옮겨야 할 짐이 좀 많습니다. 다른 것들은 몰라도 책들은.

마르쿠스가 등 뒤에서 쉬고 있는 병사들과 마차 두 대를 소개하자 플리니는 기쁨을 숨기지 못했다.

『생물의 분류, 괴물과 동물 구별의 새로운 기준』은

한때 제국 대학의 교수였던 플리니가 저술한 책이다.

그는 제국 변방 스타인의 평민 출신이라

이름 외에 성은 따로 없다. 모든 연구자가 전범으로 삼는

흄 알라비드의 『생물 사전』이후로

비슷한 종류의 책이 나온 것 자체가 처음 있는 일이다.

그는 움직이는 생명체를 영물과 괴물과 동물의

세 영역으로 구분하는 전통을 버리고 단순하게

이름순으로 배열해 놓았다. 식물은 무생물의 속성이 섞여

불완전한 생물로 여기기 때문에 들어가지 않았다.

또 한 가지 살펴볼 만한 점은 알라비드가 괴물과 동물을

구별하는 기준으로 삼은 주요 특징들, 예를 들자면

붉은 눈이라든가 악취 같은 것들이 사실은 두 생물 집단을

구별하는 결정적인 증거가 되지 못한다고 주장한 것이다.

책은 한때 제국에서 큰 화젯거리가 되었으나 그만큼 반발도

엄청났다. 괴물 옹호자라는 불명예스러운 별명을 얻은

플리니 교수는 책의 유행이 한풀 꺾이자마자

알 수 없는 이유로 사임하고 고향으로 돌아갔다.

VI

겁쟁이 도둑이 바닥을 기고 여행자가
타협을 시도하고 노예가 반항하고 집이 불탄다

숲 어귀 여관에서 머물게 된 가르젠은 자신을 둘러싼 음모를 눈치채기에는 너무 피곤한 상황이라 식사를 마치자마자 바닥에 누웠다. 불기운이 닿는 훈훈한 자리에 누우니 알 수 없는 것이 몸을 휘감아서 바닥에 붙여 놓은 듯했다.

여관 주인 형제는 멀리서 그를 훔쳐보며 밀담을 나누었다.

– 저 여행자의 품속에 무기가 들었을 거라고?

침비는 형의 어수룩함이 놀라웠다. 그의 숨겨진 직업을 생각하면 더욱 그랬다.

– 당연하지. 무기도 없이 여행하는 사람이 있을 것 같아? 게다가 여기는 스타인이라고. 스타인이 강도의 소굴이 되었다는 건 은둔자도 백번은 들었을 소문이야.

– 그러면 저 반들반들한 머리통을 세게 까서 한 방에 끝내야 한다는 말이네?

– 그렇지. 실패하면 저 곰 같은 인간이 무기를 들고 달려들

거야.

ㅡ무기는커녕 저 몸에 살짝 부딪히기만 해도 뼈가 다 박살 나겠지?

형은 농담처럼 말하면서 사실 두려움으로 떨고 있었다. 침비는 이번 여행자를 그냥 보내 주자고 말하고 싶었다. 왠지 모르게 불길한 느낌이 들었다.

옛날 소매치기 시절에도 불길한 느낌이 들면 순순히 포기한 덕에 잡히지 않았다. 그 느낌을 무시한 사람들이 어떻게 되는지 침비는 수도 없이 겪어 보았다. 피부에 닿는 서늘하면서도 간지러운 촉감은 이번 여행자도 보내야 한다고 알렸다.

그러나 탐욕스러운 형수는 돈이 많아 보이는 사람을 보내려고 하지 않았다. 형은 형수의 말을 하나도 거역하지 못했다.

ㅡ네가 가서 무기를 먼저 훔치면 되겠네.

그렇게 말하면서 형수는 바깥을 슬쩍 내다보았다.

ㅡ완전히 뻗었는데? 아니면 그냥 나가서 해치워도 괜찮겠는걸?

ㅡ아니야, 여보. 그냥 침비한테 먼저 무기를 훔치게 하자고. 안전하게 해야지 뼈라도 하나 부러지면 어떡해? 우리에게는 변변한 의사도 없어.

형까지 그렇게 나서자 침비는 더 마다할 수 없었다.

예전 같지는 않았지만 침비의 손은 여전히 날카로운 솜씨를 유지하고 있었다. 문제는 여행자의 곁으로 접근하는 방법이었다. 낡은 마룻바닥은 소리를 내지 않으려 조심할수록 더 삐걱거렸다.

- 그러면 기어가. 무게가 나뉘면 소리가 덜 나겠지.

형수의 말에는 배려가 없었지만 그 생각 자체는 침비도 동의할 만한 것이었다.

침비는 곤하게 잠든 여행자까지 장애물이 없는 직선 경로를 찾아 엎드렸다. 그런데 팔꿈치가 바닥에 닿자마자 금방 나무가 꺾이는 소리가 났다.

- 멍청아, 팔을 바닥에 완전히 붙여야지. 개구리처럼 기란 말이야.

침비는 이번에도 형수의 말을 따를 수밖에 없었다. 어째서 형이 형수의 말을 거역하지 못하는지 조금 알 것도 같은 기분이 들었다.

부엌문 틈새로 나오는 희미한 빛은 사방을 밝히기에 모자랐다. 차가운 바닥에 가슴을 대고 누운 침비는 온몸의 감각이 예민해지는 것을 느꼈다. 잠든 여행자의 숨소리와 침비 자신의 심장이 뛰는 소리가 섞여 귀가 터질 듯했다. 피부에 닿는 나뭇결도 마치 눈으로 보는 것처럼 머릿속에 생생하게 그려졌다.

그는 자신의 고양된 상태가 어둠 속에서 엎드린 특이한 상황 탓이라고 생각했다. 오랜만에 물건을 훔치게 되어 흥분했을 가능성은 일부러 무시했다. 우스꽝스러운 자세로 조금씩 전진하면서 침비는 이해할 수 없는 행복을 느꼈다. 그리고 마침내 여행자에게 손이 닿을 만한 거리까지 다가가는 일에 성공했다.

여행자는 외투를 대충 덮고 팔다리를 쭉 뻗은 채 천장을 보고 잠들어 있었다. 침비가 그의 외투 속을 헤집는 것은 쉬운 일이었다. 지갑과 신기하게 생긴 등처럼 보이는 이상한 장치를 꺼낸 다음 침비는 마침내 무기를 찾았다.

그것은 무기가 아니라 보물이라고 불러야 옳았다. 사람 팔뚝만 한 길이에 날렵하게 쭉 뻗은 칼집은 금색으로 빛났다. 자세히 보면 손톱이 들어가지 않을 정도로 빽빽하게 금색 무늬가 들어차 있었다. 직각을 이루며 서로 부딪히지 않고 달리는 선들은 모였다 흩어지기를 반복했다.

침비는 희미한 빛 속에서 한동안 말을 잊고 칼을 바라보고만 있었다. 칼을 뽑아서 날에 새겨져 있는 장식을 확인하고 싶었다. 소리가 날까 두려워 당장 뽑지는 못했지만 침비는 훗날을 기약했다. 주인이 죽고 나면 그 물건을 감상할 시간은 충분했다.

그는 갑자기 이상한 기운을 느끼고 얼른 고개를 들었다. 부엌문 사이의 틈으로 형과 형수의 재촉하는 얼굴이 보였다. 갑자기 긴장된 이유는 그것이 전부가 아니었다.

침비는 예전의 감각이 살아나는 것을 느끼며 벌떡 일어나 창문 쪽으로 다가갔다. 창문을 열고 손에 든 것을 모두 바깥에 던졌을 때 뒤에서 인기척이 났다.

－무슨 일이오?

잠에서 깬 여행자가 침비의 등 뒤에 대고 물었다. 침비는 등줄기를 얼음 창으로 관통당한 기분이었다. 다행히 여행자는 그의 얼굴을 똑바로 볼 수 없었다.

－문단속했습니다, 손님. 잘 때 찬바람이 폐에 들어가면 좋지 않습니다.

－고맙소.

침비는 여행자가 자기 물건이 사라진 것을 알아채면 어떡하나 조바심을 냈다. 다행히 피로에 짓눌린 여행자는 그럴 겨를도 없이 다시 잠들었다.

침비가 뚜벅뚜벅 걸어서 돌아오자마자 형과 형수는 그를 닦달했다.

－지갑은?

- 무기는?

- 아까 뭐라고 지껄인 거야?

침비는 자기가 한 일을 설명하면서 운이 좋았다고 덧붙였다. 여행자가 수상한 기운을 느꼈으면 일단 자기 목을 비틀어 밖으로 던졌을 것이라고 했다. 그러면 나머지 둘도 죽은 목숨이나 다름없었다. 그런데 기지를 발휘해 물건을 창밖으로 던진 덕분에 아직 기회가 남아 있었다.

- 네가 시간을 너무 끈 탓이지만 어쩔 수 없지. 둘이 가서 저 인간을 죽여. 저렇게 큰 인간을 땅에 묻으려면 시간이 오래 걸리니까 서둘러.

- 정말, 정말 저 사람을 해쳐야 하는 거예요?

침비가 탐탁지 않은 얼굴로 묻자 형수의 얼굴이 험악하게 변했다.

- 다 하기로 해 놓고 그렇게 겁먹으면 어쩌자는 거야? 형을 봐. 아니, 형이라는 인간도 얼굴이 퍼렇게 질렸네. 처음 해 보는 것도 아니면서.

두 형제는 서로를 바라보았다.

- 이 멍청한 인간들아, 겁먹어도 다른 길은 없어. 자, 얼른 해치우라고.

형제는 나무를 깎아 만든 몽둥이를 하나씩 받아 쥐었다. 몽둥이에 남은 검붉은 얼룩이 침비를 소름 끼치게 했다. 여행자의 덩치에 비하면 이쑤시개처럼 보이는 막대기가 통할까도 싶었다.

― 이번에도 기어가야 되겠지?

― 해 보면 생각보다 할 만해.

― 지금 당장 가지 않으면 너희들의 내장을 카니세리움이 뜯어 먹으라고 빌 거야. 아니면 내가 뜯어 먹든가.

형제는 바닥에 몸을 납작하게 붙이고 천천히 기어갔다. 두 사람이 나란히 갈 공간이 없어서 길은 두 갈래였다. 형은 부엌에서 가까운 식탁을 기준으로 왼쪽으로 돌았고 침비는 오른쪽이었다. 둘은 가끔 눈을 마주치며 서로 결의를 다졌다.

침비가 한 번 더 형의 두려운 눈빛을 확인하고 고개를 돌리자 이상한 점이 있었다. 아무리 보아도 이쪽으로 돌아누운 여행자의 눈이 뜨인 것처럼 보였다. 침비는 더 움직이지 못하고 여행자를 살폈다. 침비가 멈추자 여행자도 기다렸다는 듯이 입을 열었다.

― 무엇을 하는 건가?

― 쥐가 많아서 좀 잡으려고 합니다.

― 흐음, 그렇군.

― 네, 쥐가 사람 기척만 들으면 도망가니 최대한 조용히 움

직여야지요.

─그래, 혹시 말이야. 그 쥐가 산처럼 거대하지 않나? 마치 나처럼 말이지.

─글쎄요, 아무래도 그런 것 같네요.

침비가 자리에서 일어나자 형도 따라 일어나며 외쳤다.

─차라리 잘됐어. 바닥을 기는 것도 못 할 짓이었는데.

형의 호기로운 외침은 침비의 귀에 안쓰러운 발버둥처럼 들렸다. 여행자도 거대한 몸집답지 않은 민첩한 동작으로 자리에서 일어났다.

─왜 나를 공격하려는 건가?

─돈입니다. 세상의 모든 것은 돈으로 통하죠.

─그렇지만도 않아. 하지만 설득하는 것은 무리겠지. 날 그냥 보내 주고 지갑의 돈을 절반씩 나누는 건 어떤가?

침비는 형을 보고 뒤돌아서 형수를 보았다. 둘 다 그런 타협은 마음에 들지 않는지 고개를 저었다.

─안 된다는데요?

─이 돈은 어차피 내 것도 아니야. 임무를 위해서 받은 돈이지. 좋아, 그러면 지갑을 통째로 줄 테니 나를 그냥 보내 주게.

그렇게 말하고 품속에 손을 넣은 여행자는 그제야 무슨 일이 일어났는지 알았다. 그가 화를 내자 온몸의 근육들이 씩씩

거리며 동조하는 듯했다.

　-돈과 물건들을 가져갔나?

　침비가 창문을 곁눈질했고 여행자는 과거를 되짚었다.

　-아까 내가 잠깐 깼을 때 얼른 창밖으로 던졌군.

　여행자는 몇 걸음 움직여 문 앞을 막아섰다. 침비와 형은 몽둥이를 들고 그저 멍하니 서 있었다.

　-나는 지금 이 문을 나가서 내 물건을 챙겨 떠나겠네. 날 방해하면 좋은 꼴을 보지 못할 거야.

　-하지만 우리는 무기를 가지고 있고 당신은 빈손이야. 당신이 도망치려고 문을 열면 우리는 이걸 들고 따라가서 당신을 치겠지.

　형은 그렇게 말하면서 방망이를 여러 번 휘둘렀다. 여행자는 그 모습을 보면서 겁에 질리는 대신 슬퍼하는 쪽을 선택했다. 그는 망설이며 머리를 흔들다 마침내 입을 열었다.

　-나는 대장장이 신을 섬기는 사제 가르젠일세. 이 땅에 온 것도 신의 사명을 수행하기 위함이고. 뿐만 아니라 나도 스타인에서 태어난 스타인 사람이네. 그러니 돈을 받고 그냥 보내주는 것이 어떻겠나?

　침비는 진심으로 그러고 싶었지만 뒤통수 쪽에서 탐욕스러운 말이 들려왔다.

─무사히 가고 싶다면 무기도 놓고 가야지.

형수가 어느새 부엌문을 열고 안에 들어와 있었다.

─그 칼은 11대 대장장이 왕이 직접 만드신 보물이오. 내 마음대로 줄 수도 없고 설령 당신이 가진다 해도 팔아서 돈을 마련할 방법이 없소.

─그래도 그 물건을 놓고 가야 보내 줄 수 있어.

형수의 고집은 그가 꺾을 수 있는 것이 아니라고 침비는 생각했다.

─대장장이 신의 분노를 사는 게 두렵지 않소?

─신의 분노는 눈에 잘 안 보이지만 돈은 보이기도 하고 만질 수도 있거든. 어차피 그 문에는 빗장이 걸려 있어. 처음 보는 사람은 푸는 데 한참 걸리지. 그사이에 내 남편과 시동생이 당신 골통을 부숴 놓을 거야.

가르젠은 슬쩍 문을 보고 여자의 말이 거짓이 아님을 알았다. 낡은 문에 걸맞지 않게 제국에서 들여온 최신식 잠금장치가 설치되어 있었다. 강도질을 위해 투자깨나 한 모양이었다.

가르젠과 침비와 형과 형수는 벌어질 사태에 대비해 잔뜩 긴장하고 있었다. 그들은 창문이 벌컥 열리고 칼의 손잡이가 쑥 들어올 것을 예상하지 못했다. 침비의 형수가 지른 비명이 멈추자 비로소 부들부들 떠는 가는 손목이 보였다.

– 에퍼, 이 새끼. 이번 일이 끝나면 너도 죽여서 같이 묻어 주마.

침비는 형의 그 말을 듣고 오히려 작은 팔의 떨림이 멈추는 것을 보았다. 그사이 가르젠이 창가로 움직여 칼을 받고 작게 속삭였다.

– 고맙다, 에퍼.

팔은 다시 밖으로 쏙 나가 버렸다. 그 모습을 확인한 가르젠 은 돌아서서 형제에게 물었다.

– 아직도 계속 싸울 마음이 있나?

침비는 싸울 마음이 없었으나 형이 달려드는 것을 보고 같이 달려들었다. 가르젠은 성스러운 칼을 뽑지 않았다. 칼집으로 먼저 달려오는 자의 목을 치고 침비의 가슴을 적당히 푹 찔렀다.

형은 그대로 바닥에 쓰러지고 침비는 뒤로 튕겨 나갔다. 싸움은 그것으로 간단하게 끝났다.

형제는 바닥에 나뒹굴며 고통에 겨워 간신히 신음을 내뱉었다. 침비는 그 와중에 형수가 부엌 안쪽으로 도망치는 것을 보았다. 역시 불길한 느낌이 들 때는 참아야 하는 것을 괜히 따랐다가 그런 꼴이 되고 나니 억울해서 눈물이 나왔다.

가르젠은 쓰러진 두 사람을 내버려 두고 여유 있게 빗장을 열었다. 문을 활짝 연 다음 형제의 목덜미를 양손에 하나씩 잡고 바깥으로 끌고 나갔다. 달은 희미해지고 드디어 아침이 가르젠처럼 문을 활짝 여는 중이었다.

─에퍼.

에퍼가 그의 곁에 다가와 지갑과 등을 손에 올려놓았다. 가르젠은 비로소 아이의 모습을 자세히 살폈다. 몸은 앙상하고 볼품이 없었지만 왠지 모르게 생기 넘치는 모습이었다. 처음 보았을 때는 분명히 그렇지 않았던 것이 기억났다.

─고맙다.

에퍼는 말없이 고개만 끄덕였다.

가르젠은 칼이 없어도 두 명을 충분히 처리할 수 있었다. 그러나 두려움에 떨면서도 가르젠에게 칼을 건네준 용기는 칭찬할 만했다. 가느다란 팔이 눈에 띄게 떨리던 모습이 가르젠의 머릿속에서 떠나지 않았다.

가르젠은 바닥에 쓰러져 있는 형제 쪽으로 관심을 돌렸다.

─당신들을 가만히 두면 계속 여행자를 상대로 살인을 저지르겠지. 그렇다고 해서 내가 당신들을 처형할 수도 없어. 누군가에게 넘기고 싶어도 이 주변에는 제대로 된 관리도 없고 말이야.

─그, 그러니 용서해 주실 수밖에 없습니다.

침비의 형이 앓는 소리를 내며 묘하게 당당한 목소리로 말했다. 가르젠은 그런 대답을 예상하지 못했다는 듯이 혀를 가볍게 찼다.

─아무래도 그건 안 될 것 같아. 용서는 같은 짓을 그만 저지르기로 하는 사람에게 내리는 거지. 똑같은 짓을 또 저지를 인간에게는 할 수 없어.

─아니요, 이렇게 된통 당했으니 이제 그만할 생각입니다.

침비는 형처럼 뻔뻔하지 못해서 가만히 입을 다물고 있었다. 용서를 구하고 싶어도 목소리가 나오지 않기도 했다.

─애석하게도 난 그 말을 믿을 정도로 생각이 없지는 않아. 당신들을 바깥으로 옮기며 생각해 보았는데 딱 하나 쓸 만한 방법이 있더군.

─그게 뭡니까?

─당신들은 강도가 될 만한 재주가 없어. 이 여관이 있으니 손님들이 잠든 틈을 타서 마음 놓고 강도질을 하는 거지. 그러니 이 여관만 없으면 강도질도 못 할 거야.

─그 말씀은?

─이봐, 안에 숨어 있지 말고 어서 나와. 지금 이 건물을 불태울 생각이니 나오지 않으면 타 죽어.

문이 열리더니 침비의 형수가 나타났다.

- 끈이 있으면 좀 가져오게.

침비의 형수가 식물 줄기를 꼬아서 만든 낡은 끈을 가지고 돌아왔다.

가르젠은 끈을 받아서 형제의 손과 발을 묶기 시작했다. 형을 다 묶고 침비의 손을 묶을 때 갑자기 퍽 소리에 이어 비명이 들렸다. 가르젠은 얼른 뒤돌아보고 나서 눈을 크게 떴다.

침비의 형수가 땅에 머리를 박고 있었다. 그녀의 손에 작은 단검이 쥐어져 있었고, 뒤에 선 에퍼의 손에 부지깽이가 있었다. 가르젠은 상황을 단번에 이해했다. 여자가 가르젠의 등에 칼을 꽂으려 하자 어린 불 노예는 주인을 배신했다.

- 고맙구나, 에퍼. 오늘 이 말을 자주 하게 되는군.

가르젠은 남은 끈으로 침비의 형수도 묶었다. 그러고 나서 여관에 들어가 다른 사람이 없는지 살피고 여행 중에 쓸 만한 식량을 챙겨서 밖으로 나왔다.

- 우리를 죽일 건가요?

침비가 겨우 목소리를 내어 형수에게 아니라고 대답했다.

- 저분은 신의 사제라서 살인을 저지를 생각이 없대요.

가르젠은 자신이 정말 그런 말을 했는지 생각해 보았지만 확실하지 않았다. 가르젠이 지금까지 신의 사제로서 죽인 사람은 꽤 많았다. 그들 모두가 가르젠의 생명을 먼저 노린 탓이었다.

─그렇다면 우리를 묶어 놓고 뭘 하겠다는 수작이지?

─당신들의 신체를 구속하지 않으면 끊임없이 날 죽이려고
하기 때문이지. 나는 이 건물을 태워서 당신들이 강도를 그만
두게 할 거야. 불이 난 것을 보고 마을 사람들이 구하러 올 테
니 세 사람 다 무사할 테고. 지금까지 저지른 짓으로 처형당하
기에 충분하지만 나는 그럴 권한이 없어.

─가르젠이라고 했나, 대장장이 신의 사제라고? 내 여관을
태우면 반드시 복수할 거야. 절대로 용서하지 않을 거야. 반드
시 그 심장에 내 손으로 칼을 박고 말겠어.

가르젠은 악쓰는 사람이 지치도록 내버려 두고 생각에 잠
겼다.

─에퍼, 여기에 혼자 두고 갈 수 없으니 아무래도 나와 함께
가야겠구나.

에퍼가 고개를 끄덕이자 가르젠은 에퍼를 여관 안으로 데
리고 갔다. 에퍼는 재가 씻긴 말끔한 얼굴이 되어 나왔다. 옷
은 맞는 것이 없어 어른의 옷을 대충 잘라 입혔는데 그렇게 해
놓으니 더 이상 노예로는 보이지 않았다.

가르젠은 마지막으로 여관에 불을 댕겼다. 불은 비쩍 마른
나무를 잘도 삼키며 뽐내듯 타올랐다. 마치 여관을 지을 때부

터 지붕과 벽과 창문과 주춧돌에 숨어 있었던 불이 드디어 모습을 드러낸 것 같았다.

침비는 몸이 묶인 채로 그 황홀한 불빛을 바라보느라 시간이 가는 줄도 몰랐다. 형과 형수는 침비와 반대로 불 속에서 절망을 보고 있었다.

에퍼는 자신의 선택이 낳은 운명을 아직 깨닫지 못한 채 몸집이 거대한 사제의 손을 잡고 유유히 사라졌다.

대장장이 신의 대리자가

대장장이 왕으로 불리는 이유는 여러 가지가 있다.

일단 최초로 신에게 권능을 받은 사람의 직업이

대장장이였다는 사실을 꼽을 수 있다.

또한 대장장이 왕이 손을 들어 명령하면

그동안 실력을 갈고닦은 모든 대장장이가

한순간에 자신의 기술을 잊게 된다는 점도

이유가 될 것이다.

기술을 빼앗는 것도 돌려주는 것도

대장장이 왕의 재량이다.

VII

위압적인 기운을 풍기는 황제와 마법사가 만나

더러운 음모가 무르익고

괴물이 어둠 속에서 울부짖는다

황제의 궁전은 미로처럼 구조가 복잡한 것으로 알려져 있었다. 그러나 미로는 길을 모르는 자들에게나 미로인 법이었다. 황제는 접근하기 힘들어 오히려 아늑하게 느껴지는 비밀방에서 밀담을 나누고 있었다.

– 그대가 마법사 왕의 사자인가?

– 그렇습니다.

– 이름은?

– 에메랄드 가문의 아리셸리스입니다.

– 쌍둥이라고 하더니 과연 왕의 초상화와 똑같이 생겼군. 그 나라 사람들은 그대와 형을 구분할 수 있나?

– 그렇습니다. 한 명은 왕의 위광을 가지고 있고 한 명은 평범한 인간에 불과하니까요.

황제는 껄껄 웃었고 마법사는 질문과 대답을 모두 마음에 들어 하지 않았다.

황제가 손을 들어 곁을 지키고 있는 자들에게 물러가라고 명령했다. 그들은 한시도 망설이지 않고 약속한 것처럼 사라졌다. 정시가 되면 나왔다가 들어가는 시계 속 인형들 같았다.

아리셀리스라고 불린 마법사는 황제를 보고 두 번 놀랐다.

처음으로 놀란 것은 그의 특이한 외모 때문이었다. 황제는 뼈 위에 근육과 살과 피부를 얇게 얹어 놓은 모습이었다. 가느다란 몸뚱이는 말려 놓은 건어물 같았다. 구릿빛 피부는 칼은 몰라도 바늘로 찌르면 들어가지 않을 정도로 단단했다.

길쭉한 얼굴에 비해 눈은 지나치게 커서 개구리와 비슷했다. 얼굴만큼이나 길쭉한 코는 살짝 휘어져 있었는데 뼈가 두드러졌다. 얇은 입술은 항상 끝이 올라가 있어서 비웃는 표정이었다.

마법사가 또 한 번 놀란 것은 그에게서 풍겨 나오는 기운이었다.

어쩌면 그가 황제라는 것을 이미 아는 까닭에 대단하게 보이는 것일 수도 있었다. 아니면 접견실의 화려한 풍광에 위압된 탓일 수도 있었다. 바닥에 깐 융단과 사방의 장식품들은 고귀한 신분인 그조차 처음 경험하는 것들이었다.

그러나 아리셀리스는 그런 장식이 전부는 아니라고 생각했다. 황제에게서는 의지가 뿜어져 나오고 있었다. 평소에 느끼는 마법의 흐름과는 다른 힘이었다. 황제는 마치 힘의 원천인 것처럼 기운을 뿜어내며 주변을 억누르고 있었다.

- 마법사 왕에게 실력이 있고 입이 무거운 자를 보내 달라고 했더니 그대를 보냈어. 형제간에 우애가 아주 두터운 모양이야.

황제는 아리셀리스가 자신에게 위축된 것을 굳이 확인하고 나서야 입을 열었다. 그는 우애라는 말을 발음할 때 노골적으로 싫은 기색을 보였다. 그런 단어는 취향에 맞지 않는다는 태도였다. 아리셀리스는 그가 불화, 적의, 살해 따위의 단어를 말하며 지을 표정을 상상했다.

- 왕은 말 그대로 실력이 있는 자를 보내셨을 뿐입니다.

- 그러면 입은 무거운가?

- 왕의 동생이 입이 가볍다면 진작 죽었겠지요.

대답은 황제의 마음을 흡족하게 했다.

- 내가 그대를 부른 것은. 아니지, 일단 용건을 말하기 전에 배경을 설명해야지. 그대는 대장장이 왕에 대해서 분명 잘 알고 있겠지?

- 그렇습니다. 대장장이 신의 권능을 행사하는 대리인이죠.

- 그래, 그 권능이란 것이 참으로 무시무시하단 말이야. 사람의 수준이 도저히 미치지 못하는 물건을 만들어 내지. 그리

고 모든 대장장이들을 다스리기도 하니까 말이야.

아리셸리스는 대꾸 없이 들었다.

─그러나 대장장이 왕은 실제 왕이 아니야. 그에게는 군대도 없고 영토도 없어. 그저 이름뿐인 왕일 뿐이야. 그런데 언제부터인가 대장장이 왕이 된 자들이 진짜 왕인 것처럼 설치고 있지.

황제는 굳이 분노를 숨기려 하지도 않았다.

─자기가 가진 힘을 남발하며 각국의 문제에 개입하는 거야. 왕들을 다스리는 왕이라도 되는 것처럼 말이지. 굳이 왕들 위에 군림하는 존재가 있다면 그게 누구겠나?

─당연히 그럴 수 있는 분은 황제뿐이십니다.

─그렇지, 내 선조께서 왕들에게 땅을 나누어 주셨지. 지금에 와서 그 선택이 잘못되었다는 뜻은 아니야. 당시 왕들은 모두 영웅의 자질이 있었어.

황제는 손목에 돋은 힘줄을 아리셸리스에게 보이며 목소리를 높였다.

─그들은 땅을 받기에 합당한 자들이었지. 그러나 지금은 어떠한가? 영웅의 피를 이어받지 못한 살진 돼지들이 혈통을 믿고 거들먹거리지. 나는 이대로 두고 볼 수가 없어.

아리셸리스는 황제 역시 혈통으로 제위를 물려받지 않았느

냐고 되묻고 싶었다.

─백성들은 다시 올바른 통치를 받을 필요가 있어. 나는 본래 황제가 될 수 없는 운명이었어. 어머니는 황후가 아니었고 내 위에는 형들이 많았지.

황제가 아리셀리스의 의문에 대답해 주려는 듯이 말했다.

─나는 경쟁을 통해 정당하게 이 자리를 차지한 거야. 모름지기 나라를 다스리는 사람에게는 그런 기개가 필요해. 연인의 사랑, 형제의 우정 따위를 중시해서는 나라를 다스릴 자격이 없지.

마치 아리셀리스에게 내려진 예언조차 아는 것처럼 섬뜩한 말투였다.

왕의 동생이 왕을 죽이고 새로운 왕이 될 것이다. 그 예언을 아는 사람은 마법사 왕국 안에서도 극소수였다. 그러나 황제가 가진 정보력이라면 비밀이 새어 나갔을 수도 있었다. 까마귀가 울지 않는 곳에는 사람이 살지 않는다는 말도 있었다.

─내가 그대들의 나라를 특별히 마음에 들어 하는 것도 그 때문이지. 고귀한 가문 중에서 가장 마법을 잘 쓰는 자가 왕이 된다. 그 얼마나 올바른 방식인지 모르겠어. 남을 밟고 올라설 수 있는 사람이 왕이 되는 것이야말로 세상의 이치야.

황제는 겨우 마음을 진정시키고 말을 이었다.

141

-이제부터 그대에게 부탁할 일도 그런 사상을 이해하는 자에게만 가능한 일이지.

-어떤 일입니까?

황제가 은근하게 아리셀리스를 바라보며 물었다.

-마법사들은 동물을 현혹해 뜻대로 움직일 수 있다지?

-그런 재능을 타고난 사람에게는 가능합니다.

-그렇다면 괴물은 어떠한가?

-괴물도 가능합니다. 마법사들에게는 동물이나 괴물이나 별 차이가 없습니다. 오히려 괴물은 마법에 더 쉽게 동조하는 경향이 있지요.

-그러면 괴물 중에서 크고 강한 괴물은 현혹하기가 더 어려운가?

-아무래도 그릇이 더 큰 괴물을 다루려면 더 큰 힘을 쏟아부어야 하지요.

-카니세리움이라면 어떤가? 그런 괴물도 다룰 수 있는가?

아리셀리스는 황제의 계획을 눈치채고 말문을 잃었다. 그리고 황제가 이미 대답을 다 아는 질문을 하고 있다는 것을 알았다. 마법사 왕국에 속하지 않고 황제의 곁에서 자문하는 마법사들이 있었다.

-카니세리움도 가능합니다. 다만 카니세리움을 조종하는

것은 굉장히 힘든 일입니다. 동물이야 한 떼도 부릴 수 있지만 카니세리움은 저조차 한 마리가 고작일 것입니다.

─그대 말고 다른 마법사들에게는 어렵나?

─등급이 높은 고위 마법사라면 한 마리는 감당할 수 있을 겁니다.

─그대가 데리고 온 수행원 중에 고위 마법사가 있겠지?

─몇 명 있습니다.

─그럼 됐어.

황제는 기쁨을 감추지 못하며 방 안을 서성이다가 갑자기 몸을 홱 돌렸다. 옷에 달린 보석들이 부딪혀 잘그랑거리는 소리를 냈다.

─그대도 알겠지만 나는 대장장이 왕이 신의 은총을 잃도록 만들었네.

아리셸리스뿐만 아니라 세상 모든 사람이 그 일에 대해 알고 있었다.

─그래서 대장장이 왕이 나라 간의 일에 참견하지 못하도록 한 거야. 대장장이 신의 사제들은 얼른 새 왕을 세우려고 하더군. 그래서 나는 그보다 서둘러 왕들의 회합을 열기로 한 거네. 왕들의 회합에 참가하지 못한 대장장이 왕은 고약하게 도 그 권능을 행사하지 못하니까.

황제가 회고하듯 한마디를 덧붙였다.

─그건 오래전에 대장장이 신과 인간 지도자들이 맺은 언약에서 비롯되었지.

─그러나.

─알고 있어. 대장장이 신의 사제들이 급하게 왕을 세운 다음 달려올 수도 있겠지.

─제가 감히 끼어들다니 용서를 구합니다.

─괜찮아, 괜찮아. 그대는 나에게 소중한 손님이고 내 이야기에 몰입해 있다는 뜻이니까.

황제는 그렇게 아리셀리스를 달랜 다음 중요한 사실을 밝혔다.

─나는 까마귀 발톱 한 부대를 스타인으로 파견했네. 대장장이 신의 사제와 어린 후보를 비밀리에 죽이라고 말이야.

황제는 자랑스럽게 말하고 어린아이처럼 칭찬을 원했다. 아리셀리스는 경악에 차서 흔들리는 눈빛으로 그를 쳐다보았다. 더러운 계획을 털어놓는 황제의 터무니없는 자신감을 믿을 수가 없었다. 황제는 그것도 원하던 반응의 하나였는지 크게 만족한 것처럼 보였다.

─그들은 절반의 성공을 거뒀어. 대장장이 왕 후보였던 아이를 죽이는 데 성공했지.

아리셸리스는 심장이 멎을 만큼 놀랐다. 겉으로 드러내지 않으려고 이를 악물어야 했다.

─그런데 그들은 사제까지 죽이지는 못했어. 그리고 그 사제는 신전으로 돌아가 보고한 다음 새로운 후보를 찾아 나섰지. 아직 새 후보를 물색해 의식을 진행하러 올 여유가 있어.

황제는 초조하게 서성거리며 아득하게 높은 천장을 향해 소리를 질렀다.

─아직 여유가 있단 말이야.

어려서부터 그의 행동을 제지하는 사람은 많지 않았을 것이다. 어른이 되어 형제를 죽이고 황제가 된 다음부터는 감히 그를 말릴 사람이 없었다. 아리셸리스는 권력이 인격 형성에 얼마나 나쁜 영향을 끼치는지 실감했다.

─나는 그 사제를 한 번 만난 적이 있지. 가존, 가젠이었던가? 보통 인간이 아니었어. 나는 사람을 보는 눈만큼은 누구보다 뛰어나다네.

아리셸리스는 그가 가르젠을 말한다는 것을 알았으나 끼어들지 않았다.

─그는 자존심이 강한 인간이야. 한 번 실패한 것이 부끄러워 다시는 실패하지 않으려고 할 거야. 까마귀 발톱은 믿을 만하지만 상대가 상대인 만큼 실패할 수도 있지. 그래서 다음 대

책을 생각해야 돼.

황제는 더 이상 아리셀리스가 들으라고 말하는 것 같지 않았다. 아리셀리스는 발바닥이 딱딱하게 굳고 다리가 붓는 것을 느꼈다. 긴장된 상태로 오래 서 있는 것은 그에게 익숙하지 않았다.

─그래서 카니세리움이 필요해. 스타인 땅을 벗어나 제국에 들어서면 까마귀 발톱을 보내 죽일 수가 없어. 사방에 보는 눈이 있으니까. 새 대장장이 왕이 어떤 인간의 손에 죽어도 모두 내가 한 짓이라고 생각하겠지.

황제는 양손을 맞잡았다.

─하지만 카니세리움의 이빨에 찢겨 죽는다면 어떤가? 괴물은 내가 통제하는 것이 아니야. 그것은 완벽한 사고가 될 거야. 그리고 왕들의 회합에 참여하지 못하면 대장장이 왕이 한동안 사라지는 거야.

이야기는 드디어 결론에 도달하려고 했다. 아리셀리스는 눈과 두뇌와 다리가 피로해 미칠 지경이었다.

─무려 10년 동안이나. 그러면 내가 원하는 꿈을 이룰 수 있지. 썩어 빠진 나라들을 흡수해 내가 다시 정당하고 유일한 통치자가 되는 꿈 말이야.

황제의 의도를 짐작하는 것과 그 입에서 직접 듣는 것은 많이 달랐다. 아리셀리스는 여전히 정신을 차릴 수가 없었다. 그러다가 자기도 모르게 입을 벌려 멋대로 지껄였다.

─그렇게 되면 제 나라에 무엇이 이득입니까?

황제는 그런 질문을 한 아리셀리스를 대견하다는 듯이 바라보았다. 그는 자기 권위를 해치지 않는 범위에서 적당히 당돌한 자를 원하는 것 같았다. 아리셀리스는 그런 역할을 잘 수행한 자신에게 만족했다.

─내가 되찾으려고 하는 땅은 놋부터 스타인까지네. 본래 내 선조와 나와 내 후손이 다스려야 마땅한 나라들이지. 그대의 나라는 여전히 독립국으로 존재할 수 있을 거야. 마법사들은 자기들만의 기술과 문화를 지키며 살 권리가 있지.

아리셀리스는 감격해서 눈물이 고인 척했지만 사실 피로해서 나온 눈물이었다.

─나는 그 권리를 침해하지 않고 적극적으로 보장해 줄 생각이네. 어쩌면 그대들이 껄끄럽게 여기는 궁정 마법사들도 전부 내보낼 거야.

황제의 제안은 듣기에 나쁘지 않았지만 아리셀리스의 귀에는 거슬렸다. 다른 나라가 다 흡수되면 마법사 왕국이 남아도 독립이 보장되지 않았다. 제국의 속국으로 변해 황제의 무리한 부탁을 들어주느라 바쁠 것이다. 궁정 마법사라고 불리는 재롱둥이들과 똑같은 신세로 전락할 것이 뻔했다.

　-뜻을 받들겠습니다. 그러나 카니세리움을 찾는 것부터 쉬운 일이 아닙니다. 카니세리움은 보금자리부터 무덤까지 남의 눈에 띄는 것을 싫어하지요.

　-잘 알고 있네.

　황제가 아리셀리스에게 등을 보이며 벽 쪽으로 다가갔다. 아리셀리스는 황제를 죽이려면 지금이 인생 마지막 기회일 것이라고 생각했다. 손바닥에 마법의 흐름을 모아 내려치면 단숨에 끝날 것이다. 그러나 그는 가만히 있었다.

　무슨 신호를 받았는지 사라졌던 수행원들이 다시 방으로 들어왔다. 황제는 아리셀리스를 보며 마음을 읽었다는 듯이 음흉하게 웃으며 말했다.

　-혹시 눈치챘는지 모르겠지만 이 방은 마법을 방해하는 구조로 되어 있네. 마법의 기운이 거의 흐르지 않는다는 사실을 느꼈나?

　아리셀리스는 자신의 몸이 지친 것이 단순히 긴장한 탓이 아님을 알았다. 정말로 아무것도 느껴지지 않았다. 인위적으로 마법의 흐름을 차단한 공간이었다. 공상을 실천하지 않아 다행이라고 생각하며 아리셀리스는 이마의 땀을 닦았다.

　-자, 그럼 그곳으로 가지.

황제는 아리셸리스에게 따라오라는 손짓을 했다. 아리셸리스는 황제의 뒤를 따라 접견실을 나갔다.

넓지 않은 복도의 사면은 허리 높이에 금빛 장식이 새겨진 것을 빼면 밋밋했다. 식물의 이파리와 줄기 여러 종류가 얽힌 무늬는 끝없이 반복되었다. 미로와도 같은 공간을 지나면서 아리셸리스는 어린 시절 배운 지식이 떠올랐다. 끝나지 않는 암살 위협 때문에 황제가 머무는 공간을 정교한 미로로 만들었다고 했다.

수행원이 앞장서 길을 안내하고 있었지만 황제도 주저 없이 방향을 틀었다. 아리셸리스는 복도를 외우는 것도 황제 수업의 일부인지 궁금해졌다.

아리셸리스는 살짝 눈을 감고 마법의 흐름을 느껴 보았다. 복도는 흐름이 원활해서 여름날의 시원한 바람 같은 것이 느껴졌다. 원한다면 손에 힘을 모아 그 덩어리를 황제의 등에 날릴 수도 있었다. 하지만 좁고 길쭉한 황제의 등은 그 정도로 쓰러질 것처럼 보이지 않았다.

건물 바깥으로 나오자 여덟 마리 말을 맨 황제의 마차가 기다리고 있었다. 그런 마차는 황제에게만 허용되었다. 아리셸리스는 우아하고 높은 상자처럼 생긴 물건에 들어가 황제 맞은편에 앉았다. 수행원들은 말을 타고 뒤에서 따라왔다.

황제는 아리셸리스를 자신의 마구간으로 안내했다. 아리셸리스가 영문을 모른 채로 따라가다가 문 앞에 섰을 때 처음 소리가 들렸다. 단 한 번도 듣지 못한 소리는 아리셸리스의 심장을 얼리고 쪼개는 듯했다. 듣는 순간 피부가 수축하고 눈에 물이 고이고 손톱 아래가 저렸다.

– 처음 듣는군?

– 이건 도대체.

– 그대의 신발 때문이야. 카니세리움이 냄새를 잘 맡는다는 말은 사실인 모양이군.

아리셸리스는 고개를 떨구어 카니세리움 가죽으로 만든 자신의 장화를 보았다. 사냥이 아니라 우연히 발견된 카니세리움 사체를 거두어 만든 것이었다. 카니세리움이 울부짖는 소리가 한 번 더 들렸다. 아리셸리스는 신발 가죽이 자신의 발을 삼킬까 두려워서 떨어야 했다.

마구간의 원래 거주자는 모두 쫓겨나고 없었다. 왼쪽 끝과 오른쪽 끝과 가운데에 새로 설치한 우리 세 개가 보였다. 바닥과 천장에 두 손으로 잡기 힘든 굵은 쇠기둥을 박아 만든 공간이었다. 안에는 새 거주자가 이미 들어가 있었다.

황제와 아리셸리스를 보자 세 마리는 환영하듯 동시에 소리를 냈다. 소리는 크기도 컸지만 인간을 본능적으로 움츠러

들게 하는 것이었다. 여자의 비명 소리처럼 들리다가도 곰과 같은 짐승의 울음처럼 들리기도 했다. 천둥소리와 산사태로 땅이 무너지는 소리와 강한 바람 소리도 섞여 있었다.

핏기가 사라진 아리셸리스의 얼굴을 보고 황제는 재미있어 했다. 아리셸리스는 불을 밝혀서 괴물들의 모습을 더 자세히 보고 싶었다. 황제는 여전히 아리셸리스의 마음을 읽는 것처럼 대답했다.

─불을 환하게 밝히면 카니세리움은 더 발광하지. 괜히 어둡게 해 놓은 것이 아니야. 나중에 이것들의 머릿속에 들어가 조종하게 되면 마음껏 볼 수 있을 거야.

─미, 미리 다, 다 잡아 놓으셨군요. 대체 어, 어떻게 이렇게 쉽게?

─쉽지 않았네. 오랜 기간 많은 인력과 자원을 쏟아부었지. 작은 나라와 전쟁을 벌일 만큼이었네. 황제는 원하는 것을 위해 남들보다 큰 노력을 기울일 수 있거든.

마구간을 나오면서 아리셸리스의 기억에 남는 것은 많지 않았다. 다만 어둠 속에서 파랗게 빛나던 괴물의 눈과 길고 억센 털은 잔상처럼 눈에 맺혀 어두운 공간을 볼 때마다 더 선명해졌다.

황제는 마차로 아리셸리스를 숙소까지 직접 데려다주고 작

별을 고했다. 밤늦은 시간이었는데도 그는 활기로 가득 차 있었다.

황제는 접견실로 돌아가 미리 기다리고 있던 까마귀들의 수장 작과 궁정 마법사 엘 벨리드를 만났다. 비쩍 마른 작은 머리털이 없고 뚱뚱한 엘 벨리드는 온몸에 털이 많아 서로 다른 공간에서 온 사람들 같았다.

－방금 자기 동생으로 위장한 마법사 왕에게 카니세리움을 보여 주고 왔네.

황제의 말에 놀라는 사람은 없었다.

세상에는 마법사가 정말 존재하지만

아이들이 자기 전 들려주는 옛날이야기 밖에서

그들을 만나기란 아주 어렵다.

마법사 왕국의 마법사들은 특별한 용무가 아니면

자기 나라를 절대로 떠나지 않고,

여행도 되도록 남의 눈에 띄지 않게 숨어서 다닌다.

황제의 곁에 남은 마법사들은 지식에는 능통하지만

실행력을 잃어 마법을 전혀 사용하지 못한다.

제국 사람들도 딱히 그들을 마법사 보듯이 보지 않는다.

마법사 왕국 사람들이

궁정 마법사를 경멸하는 것은 그런 까닭이다.

VIII

슈타이어가 임무를 완수할 기회를 얻지만

불청객이 들이닥쳐 방해한다

황제의 사병이나 마찬가지인 까마귀 발톱은 전부 다섯 소대로 구성되었다. 슈타이어는 그중 1소대장을 맡고 있으니 크게 출세했다고 볼 수 있었다. 그보다 높은 자리에 있는 사람은 까마귀들의 수장이라고 불리는 작 한 명뿐인데, 그는 이백 살까지는 살 것 같았다.

　슈타이어가 지난번 대장장이 왕 후보를 죽이고 귀환했을 때 작의 질문은 뻔했다.

　– 신의 사제, 가르젠은 어떻게 되었나?

　– 말씀하신 대로 가르젠과 정면으로 싸우지 않고 틈을 노려 후보만 죽였습니다. 그는 후보가 죽자 포위망을 뚫고 탈출했습니다.

　– 화가 났겠군.

　– 아니요, 그래도 절반의 목적을 달성했으니 화가 나지는 않았습니다.

- 네 얘기를 하는 게 아니야. 가르젠은 굉장히 화가 났을 거야. 이제 진짜 짐승처럼 날뛰겠군. 분명히 다시 후보를 구하려고 할 거야.

작의 대머리는 땀이 솟아 번들거렸다. 날씨가 습하거나 덥지 않았는데도 그랬다.

- 이번에는 스타인 땅으로 가려고 하지 않을 수도 있어. 발톱 전체를 사방에 흩뿌려 놓아야겠어.

작은 곧바로 황제에게 보고하기 위해 자리를 떠났다. 슈타이어는 며칠 후 다시 본래 맡은 구역인 스타인으로 복귀했다.

그리고 가르젠 역시 일부러인지 몰라도 다시 스타인에 나타났다. 슈타이어는 까마귀들의 보고를 받아 그 사실을 알고 있었다. 그 보고에 따르면 가르젠은 작이 말했던 것처럼 정말로 화가 나 있었다.

보고 내용을 보면 하룻밤 사이에 여관 두 개에서 난동을 부리며 사람을 두들겨 팼다. 그중 한 여관은 아예 불태워 버렸는데 거기에서 에퍼를 데리고 갔다고 했다.

그 에퍼가 새로운 대장장이 왕 후보인 것이 분명했다. 전에도 에퍼를 고르더니 이번에도 에퍼를 고른 것이 슈타이어로서는 의아했다. 대장장이 왕 후보는 가족이 없어야 하기 때문인지도 몰랐다. 에퍼는 전쟁으로 생긴 고아들을 일컫는 말이고 스타인 어디에서도 한두 명씩 눈에 띄었다.

지난번에 가르젠은 서두르느라 방심하고 황제의 길로 이동하다가 슈타이어에게 걸렸다. 그러니 이번에는 황제의 길을 피할 것이 틀림없었다. 그렇게 되면 수색해야 할 면적이 한없이 넓어졌다. 가르젠은 수십 개의 경로를 마음대로 고를 수 있었다.

슈타이어는 전에 가르젠에게 당한 인원을 보충한 서른 명을 여섯 분대로 나눴다. 그리고 자신이 직접 한 분대를 맡았다. 그들은 말을 타고 다니며 넓은 구역을 이중으로 감싸 쉴 새 없이 감시했다. 그것으로도 모자라 마을마다 감시원들을 매수해 놓았다.

들어오는 정보도 없고 가르젠과 에퍼를 발견하지도 못한 채로 며칠이 더 지났다. 슈타이어는 하루가 지날 때마다 점점 초조해졌다. 그의 입술은 메마를 대로 메말라서 쪽잠에서 깨면 피 맛이 났다.

덩치가 커다란 가르젠과 작은 아이의 조합은 어디에서도 눈에 띌 수밖에 없었다. 슈타이어는 가르젠이 일부러 인적이 드문 숲을 선택했을 가능성을 염두에 두었다. 스타인은 과연 숲의 나라라 얼룩처럼 작은 숲이 점점이 박혀 있었다.

슈타이어가 숲과 숲 사이를 중점적으로 감시하라고 명령했지만 여전히 소식이 없었다. 그는 극도로 긴장해서 장이 꼬이는 기분이 들었다. 며칠째 혹독한 변비에 시달리고 있었다.

슈타이어가 의지하는 사실은 가르젠의 동행인이 어린 꼬마라는 점이었다. 아이는 쉽게 지쳐서 하루에 많은 거리를 이동할 수도 밤에 움직일 수도 없었다. 그렇다고 마차를 이용하거나 말을 타면 감시망에 쉽게 걸리게 되어 있었다.

과거는 몰라도 현재 스타인에는 말을 소유한 사람이 흔하지 않았다. 마을마다 심어 놓은 간첩들은 말을 이용해 여행하는 사람을 보면 곧바로 보고하게 되어 있었다. 대장장이 신의 권능으로 만든 날개 달린 신발이라도 있는 것이 아니고서야 걸어야 했다.

가르젠이 여관에서 난동을 부리고 나흘째 되던 날에 마침내 연락이 왔다. 덩치가 큰 사람과 어린아이가 함께 걷는 모습을 목격한 자가 있었다.

슈타이어는 그 장소가 이중 포위망 바깥에 간신히 걸친다는 보고를 받자마자 소름이 끼쳤다. 하루만 늦었어도 그를 완전히 놓쳤을 것이다. 걸어서는 짧은 시간에 그렇게 먼 거리를 이동할 수 없었다. 가르젠이 온갖 이동 수단을 번갈아 사용하며 감시를 따돌린 것 같았다.

그러나 다행히 지금은 아이와 함께 느리게 걷는 중이었다.

슈타이어는 당장 소집할 수 있는 세 개 분대를 모아서 말을 달렸다. 다른 분대를 기다릴 여유도 없을 만큼 그의 마음은 다급했다.

슈타이어가 이끄는 세 개 분대는 마침내 사제와 아이를 찾아내 속도를 높였다. 말발굽이 땅을 때리는 소리는 가르젠의 귀에도 분명히 들렸을 것이다. 그러나 가르젠은 돌아보지도 않고 묵묵히 걸었다. 아이조차 자기를 이끄는 사제처럼 동요하지 않는 모습은 신기했다.

슈타이어는 두 분대가 각각 좌우를 맡아 멀찍이 돌며 가르젠을 서서히 포위하게 했다. 그리고 자신의 분대를 이끌고 가르젠의 정면을 막았다. 대장장이 신의 사제에게는 퇴로가 없었다.

슈타이어와 까마귀 발톱이 앞을 막아서자 가르젠도 걸음을 멈췄다. 가르젠과 아이는 마치 풍경을 보듯이 그들을 예사롭게 보았다.

슈타이어는 말에서 내려 가르젠과 아이에게 다가갔다.

–다시 뵙게 될 줄은 몰랐습니다.

가르젠은 슈타이어의 쓸데없는 정중함에 얼굴을 찌푸렸다. 정도를 모르는 과한 예절은 제국 사람의 특징이기도 했다. 그래서 그들의 눈에 스타인 사람들은 예의도 모르는 야만인처럼 보이는 것이다.

―원한다면 얼마든지 다시 보지 않을 방법도 있었소.

―저는 명령을 따를 뿐입니다. 제게 선택권이 있는 일이 아
닙니다.

―죄 없는 어린아이를 죽이는 것은 명령에 따랐다고 변명
할 수 있는 일이 아니지.

―그 아이는 그냥 어린아이가 아니라 대장장이 왕 후보였
습니다. 나중에 수만 명의 목숨을 마음대로 할 수 있는 아이였
습니다.

―그 아이가 가지게 될 힘이 그 아이를 죽이는 것을 정당하
게 만들어 주지는 않소. 대장장이 왕은 이유 없이 인간을 학살
하지도 않고.

슈타이어는 잠시 머뭇거리다가 물었다.

―그렇다면 대장장이 신이 저에게 벌을 내리실까요?

―신벌을 걱정하는 사람이 까마귀 발톱이 되었을 줄이야.

―인간이라면 누구나 그런 것을 걱정합니다. 저는 지금 검
은 갑옷을 입고 있지만 집에 돌아가면 갑옷을 벗습니다. 그러
면 저도 평범한 사람일 뿐입니다. 남들과 똑같이 먹고 자면서
살아가지요.

슈타이어는 어째서 자신이 적과 이런 한가한 이야기를 하

는지 이해할 수 없었지만 말을 중단하지는 않았다.

－결혼도 하고 자식도 낳습니다. 아침에 깨서 잠들 때까지 사람을 죽일 궁리만 하는 것은 아닙니다. 신 앞에서 두려움을 품는 것은 어쩔 수 없지요.

슈타이어는 등을 돌려 부하들이 자신의 말을 듣는지 확인했다. 겉보기에는 미동도 없이 말에 타고 있었지만 분명히 들은 것 같았다. 슈타이어는 자신이 감상적인 말을 내뱉은 것을 후회했다. 인간적인 모습은 까마귀 발톱을 지휘하는 데 별로 도움이 되지 않았다.

－내가 죽어서 대장장이 신께 불려 가면 잘 말씀드리겠소.

－순순히 목숨을 내어놓겠다는 말씀이신가요?

－그런 뜻이 아니라 나중에 먼 훗날 죽게 되면 말이오. 당장은 내 목숨을 아끼기도 하지만 이 아이를 반드시 신전에 데리고 가야 하오.

설득의 쓸모없음을 잘 아는 슈타이어가 손을 번쩍 들자 기다리고 있던 까마귀 발톱들이 말에서 내렸다. 그들은 각자 품속에 숨기고 있던 무기를 꺼냈다. 칼이나 길이를 늘일 수 있는 단창뿐만 아니라 둔기 같은 무기도 나왔다. 모두 평소에는 눈에 띄지 않게 숨길 수 있는 무기였다.

슈타이어는 허리에 차고 있던 가늘고 긴 칼을 뽑았다. 찌르기 좋게 끝이 뾰족한 칼은 제국의 대표적인 무기였다. 부하들은 슈타이어의 양옆에 섰지만 그의 칼보다 앞서지는 않았다.

가르젠은 에퍼를 등 뒤에 숨게 하고 왼손으로 자꾸 오른쪽 손목만 긁적였다. 슈타이어와 부하들은 거리를 좁혀 열 걸음 내로 접근했다.

－설마 제국의 정예를 맨손으로 상대하시겠다는 겁니까?

－그렇지 않소. 나는 다만 황제의 어리석음에 놀라고 있을 뿐이오.

까마귀 발톱에게 황제를 모욕하는 것은 당연한 금기였다. 그들은 서로를 돌아보며 당황을 감추려 했다.

－무슨 뜻입니까?

－대장장이 신의 신전에는 사제가 일곱밖에 없지. 그 외에 가끔 제자나 심부름꾼을 두는 일도 있지만 숫자가 많지 않소. 그래서 새 대장장이 왕 후보를 찾는 일에 많은 사람을 동원할 수 없다오. 황제처럼 비밀 군사 조직을 가지고 있지도 않고.

가르젠은 입을 움직이면서 왼손으로 오른 손목을 계속 긁적였다.

－그래도 대장장이 왕 후보가 역사 이래 최초로 암살당했다면 분명히 대비할 거요. 대장장이 신은 무능한 신이 아니고 그 사제들은 어리석은 자들이 아니니까. 어째서 내가 아무런

준비도 없이 왔다고 생각하는 거요?

가르젠은 여전히 오른 손목을 만지작거렸다.

─황제는 남의 눈을 신경 쓰지 말고 차라리 군대를 보내야 했어. 아니면 까마귀 발톱을 전부 불렀어야지.

혼잣말이 끝나기 무섭게 가르젠은 오른손을 들었다. 그동 안 천에 가려져 있던 손목에는 두툼한 금속 팔찌 같은 것이 달 려 있었다. 주변에 달린 복잡한 부속품들이 팔찌가 기계 장치 라는 사실을 말해 주었다. 팔찌와 손등이 닿는 부분에 작은 동 굴 같은 구멍이 뚫려 있었다.

가르젠이 손가락을 까닥거리자마자 화살이 까마귀 발톱 한 명의 얼굴에 꽂혔다. 그는 비명도 지르지 못하고 땅에 고꾸라 졌다.

─투구, 투구를 챙겨라.

슈타이어와 부하들이 말에 매달아 둔 투구를 챙기려고 뛰 기 시작했다. 가르젠은 그사이 가볍게 두 명의 뒤통수와 목 사 이에 화살을 꽂아 넣었다. 그들은 땅에 입맞춤해 스타인 왕국 에 경의를 표하고 다시는 일어나지 못했다.

─소형이라 명중률을 보장할 수 없다더니 잘만 맞잖아?

가르젠은 문득 생각나서 에퍼를 보았다. 에퍼가 충격적인 장면을 보고 놀라지 않을까 염려해서였다. 그런데 에퍼는 눈을 동그랗게 뜨고 지금 벌어지는 장면을 흥미롭게 보고 있었다. 가르젠은 잠깐 고민하다가 그대로 놓아두기로 했다.

－어차피 대장장이 왕이 되려면 사람의 죽음에 익숙해져야 하니까. 이번 대장장이 왕의 길은 죽음의 한가운데를 통과할 테지.

슈타이어와 남은 부하들은 투구를 갖춰 쓰고 다시 당당하게 걸어왔다. 이제 얼굴은 투구 가리개가 보호해 주었다.

가르젠은 시험 삼아 앞에 보이는 자의 가슴팍에 화살을 쏘았다. 텅 소리가 나며 화살이 튕겨 나왔다. 갑옷 사이를 쏘면 되겠지만 가르젠은 그 정도로 명사수가 아니었다.

지난번 에퍼가 죽을 때는 그들이 가슴과 팔을 덮는 사슬 갑옷 정도만 입고 있었다. 그래서 새로운 무기면 충분히 물리칠 수 있을 것이라고 생각했었다. 지금 슈타이어와 부하들은 전신을 보호하는 판금 갑옷을 입고 있었다. 여행용이라 두께를 줄였지만 작은 화살을 막기에는 충분했다.

가르젠은 품속에 간직해 두었던 짧은 검을 꺼냈다. 11대 대장장이 왕이 남긴 물건이라면 상대의 갑옷을 찢을 수 있었다. 다만 적은 수가 많았고 모두 싸움에 능한 자들이었다. 가르젠은 싸우면서 어린아이도 보호해야 했다.

에퍼가 또 죽는다는 것은 가르젠의 패배를 뜻했다. 대장장이 신의 패배를 뜻하기도 했다. 가르젠은 에퍼를 한 명 더 죽게 하고 세상을 살아갈 자신이 없었다. 그래서 대신 찔릴지언정 아이를 지켜야겠다고 다짐했다.

슈타이어와 까마귀 발톱들은 간격을 벌려 작은 포위망을 만들었다. 그 모습을 보고 가르젠이 왼쪽 팔로 에퍼를 안아 올렸다. 다른 방법을 생각할 여유가 없었다. 표정에 변화가 없는 에퍼는 가르젠의 어깨에 얼굴을 기대 공포를 표현했다.

슈타이어가 칼을 들어 공격 명령을 내리려고 하는데 칼이 손을 떠나 공중으로 치솟았다. 그대로 빙글빙글 돌며 마음껏 날더니 슈타이어의 뒤쪽에 떨어졌다. 슈타이어는 팔을 감싸 쥐느라 칼의 위치를 확인할 여력이 없었다.

–죄송합니다, 여러분. 진작 나왔어야 했지만 극적인 순간에 나오면 좋을 것 같아서 기다렸습니다.

회색 머리카락을 길게 늘어뜨린 젊은이가 빙긋이 웃으며 말했다. 훈련받은 까마귀 발톱도 가르젠도 그가 다가오는 것을 전혀 모르고 있었다.

그가 입고 있는 옷은 평민이 입을 만한 것이었다. 그러나 목 아래부터 어깨를 지나 위팔까지 덮고 있는 낡은 케이프가 눈에 띄었다. 마법사나 점쟁이, 혹은 그 신분을 사칭하는 자가 아니라면 그런 복장을 하지 않았다.

가르젠은 그의 음울하고 잘생긴 얼굴을 보며 기억을 더듬었다.

– 저는 지나가는 마법사입니다. 어린 시절의 실수로 마법사 왕국에서 쫓겨나 사방을 유랑하고 있습니다. 오늘 숲을 가로지르다 싸우는 소리를 듣고 이렇게 왔습니다. 보아하니 떼강도가 할아버지와 손자를 공격하고 있군요.

– 이봐요, 우리는 할아버지와 손자가.

– 저는 무법자이지만 약한 자의 편입니다. 강도를 만났으니 할아버지와 손자를 그 발톱에서 구하는 것이 마땅하겠지요.

– 마법을 쓴다고 우리를 다 상대할 수 있다고 생각하시오?

마법사가 떠드는 사이에 칼을 주워 온 슈타이어가 물었다.

– 제가 보기에 저기 계신 할아버지는 늙었어도 충분히 강해 보입니다. 대여섯 명 정도는 가볍게 처리하실 것 같군요. 그렇다면 제 마법을 더해 나머지도 상대할 수 있습니다.

– 마법사 왕국은 우리 제국에 복속하고 있소. 당신은 감히 제국에 거스르겠다는 거요?

– 제국이라고요? 그대들은 강도가 아닙니까?

– 아니, 나는 황제를 모시는 까마귀 발톱의 소대장이오. 우리를 막는 것은 제국을 적으로 돌리는 일이오. 아마 당신이 본래 속했던 마법사 왕국에 다시 돌아가지 못할 텐데?

슈타이어가 정체를 밝힌 것은 어차피 마법사도 죽이려는 생각에서였다. 목격자를 남겨서는 안 되었다.

마법사는 쓴웃음을 지었다.

– 어차피 그곳으로 다시 돌아갈 수는 없습니다. 쫓겨난 몸이니까요. 마법사 왕 따위가 누구를 따르든 나와는 상관없는 일입니다. 그런데 황제가 강도질을 하라고 명령했다고요?

– 아니, 이들은.

– 대장장이 신의 사제와 대장장이 왕 후보로군요.

– 그 사실을 어떻게?

– 누구나 짐작할 수 있습니다. 스타인 땅에서 할아버지와 손자처럼 보이는 둘이 황제의 군대에 쫓긴다면요.

가르젠은 결코 그렇지 않다고 생각했다. 그는 떠돌이 마법사치고 지나치게 높은 식견을 보여 주었다. 그 바람에 그가 목적을 띠고 상황에 개입했다는 확신을 끌고 왔다. 슈타이어 역시 마법사의 말을 곧이곧대로 믿지 않았다.

– 이 땅에서 만나는 사람들은 하나같이 내게 선택의 여지를 주지 않는군.

슈타이어가 그 말을 내뱉고 작은 전쟁이 벌어졌다. 까마귀 발톱 중 절반은 가르젠을 공격했고 나머지는 마법사에게 붙었다.

가르젠은 보물과 같은 칼을 들어 찌르고 막고 베고 막았다. 칼을 되찾은 슈타이어는 집요하게 가르젠의 품에 안긴 아이를 노렸다. 가르젠은 몸의 오른쪽이 적에게 드러나도록 비스듬히 서서 물러나며 싸웠다.

마법사는 마법의 흐름을 손으로 집중시켜 줄을 만들어 채찍처럼 휘둘렀다. 그가 손을 휘두르면 채찍이 지나는 자리의 공기가 일그러지는 것처럼 보였다. 거기에 맞은 병사들은 서너 걸음씩 뒤로 날아가 바닥을 굴렀다. 한 번 맞는다고 큰 부상을 입지는 않았지만 피하기 어려웠다.

가르젠은 공격 도중 틈을 보인 병사의 투구와 갑옷 이음매에 칼을 꽂아 넣었다. 한 명이 줄자 공격이 조금은 느슨해졌다. 맹렬한 싸움 중에도 성스러운 칼날에 피가 엉긴 것이 못내 아쉬웠다. 이왕이면 그 칼에 피를 묻히지 않고 임무를 완수하려고 했었다.

슈타이어는 한 명이 줄자 오히려 운신의 폭이 넓어져 마음껏 칼을 놀렸다. 드디어 가르젠의 오른쪽 어깨를 얕게나마 베는 데 성공했다. 가르젠이 칼을 휘두르는 속도는 눈에 띄게 느려졌다.

가르젠은 얼굴로 다가오는 슈타이어의 칼을 간신히 쳐냈지만 다친 팔에 제대로 힘이 들어가지 않아 칼이 바닥에 떨어졌다. 슈타이어는 신이 나서 마지막 일격을 준비했다. 가르젠은 얼른 오른 손목을 만진 뒤 슈타이어의 손에 화살을 쏘았다.

화살은 손가락에 맞았다. 슈타이어는 칼을 떨어뜨리고 손이 얼얼한지 곧바로 줍지 못했다.

그사이 가르젠은 다른 병사의 투구에 화살 세 방을 쏘았다. 병사가 어리둥절하는 사이 몇 걸음 뒤로 물러설 수 있었다.

마법사는 곁눈질로 그런 상황을 확인해 알고 있었다. 어쩌다 보니 가르젠과 마법사는 물러나 있고 적은 가운데에 뭉쳐 있었다.

– 엎드려요.

마법사의 외침을 듣고 가르젠이 고개를 숙였다. 위에서 억지로 누르는 힘이 작용해서 가르젠은 하마터면 목이 꺾일 뻔했다.

까마귀 발톱들 사이에서 마법사가 한 손으로 던진 물건이 소용돌이쳤다. 슈타이어와 부하들은 누가 떠미는 것처럼 가운데로 뒷걸음질 쳤다. 그리고 폭발이 일어났다.

소리와 먼지가 잦아들자 마법사가 가르젠에게 달려갔다.

– 무사하십니까? 살살 누르면서 폭발도 최대한 압축시키려고 해 봤는데 무리더군요. 죄송합니다.

– 일단 죽지는 않았소. 대체 이런 말도 안 되는 마법을 쓰는

그대는 누구요?

가르젠이 에퍼를 안고 일어서는 것을 옆에서 마법사가 거들었다. 가르젠은 일어나자마자 마법사의 얼굴을 한참 보더니 말했다.

－마법사 왕의 쌍둥이 동생이로군.

－어, 어떻게 아셨습니까?

－마법사 왕의 초상화를 본 적이 있소. 마법사 왕이 직접 왔을 리는 없고 그에게 쌍둥이 동생이 있다고 들은 적이 있지.

가르젠이 잠시 뜸을 들이고 말했다.

－아마 그대는 모든 마법사 중에서 가장 강할 거요. 어쩌면 왕인 형보다도.

－형은 충분히 강합니다.

아리셀리스는 형이 자신보다 강하다고 말하지는 않았다.

시간이 얼마나 지났는지 몰라도 폭발에 휘말린 슈타이어가 마침내 정신을 차렸을 때 시체를 수습하고 부상자를 살피는 몇몇 사람이 보였다. 슈타이어는 몸을 일으키려 했지만 마음대로 되지 않았다.

－몸 전체가 엉망이라 일어날 수 없을 거요. 그냥 가만히 누워 계시오.

가까이 다가온 젊은이가 그렇게 말하며 병에 든 술 한 모금을 마셨다.

　슈타이어는 그에게 화살을 쏘았던 왕자가 눈에 보이자 헛
것을 본다고 생각했다.

황제의 까마귀들이 어떻게 그 명칭을 얻었을지

짐작하기는 어렵지 않다.

까마귀는 영리하지만 불길한 새로 알려져 있다.

게다가 그 소름 끼치는 울음소리는 죽음을 불러온다고 말한다.

반대로 잘 알려지지 않은 사실은 까마귀들이

제국에 속한 정식 군대가 아니라

일종의 종교 집단에 가깝다는 점이다.

그들의 숭배 대상은 황제이고

숭배의 방식은 감시와 무력의 사용이다.

그들은 황제를 제외하면 아무도 통제할 수 없는

사병 집단에 까마귀 발톱이라는 이름을 붙였다.

그들이 언제나 검은 옷만 입는 것이 까마귀라는 이름이

붙기 전의 일인지 혹은 나중의 일인지는 확실하지 않다.

한때 까마귀들의 수장이었던 사람이 검은 옷은

순수함과 경건함, 황제에 대한 충성과 고결한 영혼,

세속에 대한 구별, 그리고 제국 안에서의

고귀함을 나타낸다고 설명한 적이 있다.

IX

논쟁이 끝나고 에퍼가 시험을 치른 다음
자기가 만든 물건에 걸맞은 이름을 받는다

가르젠과 에퍼는 마법사 왕의 동생 아리셀리스의 도움으로 포위망을 돌파했다. 그런데 서둘러 대장장이 신의 신전에 도착해 보니 다른 후보가 먼저 도착한 상황이었다. 사제장은 가르젠이 실패하는 최악의 상황을 대비해 놓았다. 그 역할은 평소에 가르젠과 사이가 편하다고 보기 어려운 탈와르가 자청해서 맡았다.

일곱 사제는 두 후보를 놓고 격론을 벌였다. 그러는 동안 정작 두 후보는 보호자 없이 너른 신전 앞마당에 앉아 있었다.

그곳은 돌을 깎아 만든 거대한 기둥 몇 개만 남아 있는 곳이었다. 상부가 잘려 나가고 비스듬히 기운 기둥들은 역사 이전부터 존재했다는 말이 있었다. 심지어 돌 사이사이에 낀 이끼들도 인간의 조상보다 오래되었다고 했다. 그래서 이끼를 떼는 것조차 불경한 일로 여겨졌다.

사제들은 그 기둥을 창조의 기둥이라고 불렀다. 지난 대장장이 왕은 그런 과장이 싫어 신의 손가락이라는 장난스러운 이름을 붙였다. 두 아이는 기둥이 만들어 준 그늘에서 따가운 햇볕을 피하고 있었다.

에퍼의 옆에 앉아 있는 아이는 에퍼보다 나이가 많아 키가 훌쩍 컸다. 아이는 자꾸 에퍼 쪽을 쳐다보며 관심을 보였다. 에퍼는 예전에 불을 지키던 때의 버릇을 버리지 못해 바닥만 보고 있었다.

– 난 데스커드야. 넌 이름이 뭐야?

– 에퍼.

에퍼는 수줍은 듯이 대답했다.

– 에퍼라고? 그건 이름이 아니잖아. 그건 그냥. 그보다 넌 대장장이 왕이란 게 되고 싶어?

에퍼는 잠시도 고민하지 않고 고개를 끄덕였다.

– 난 잘 모르겠어. 그건 대단한 힘을 얻어서 겉으로 보기에는 멋지대. 하지만 마음이 아픈 일을 많이 겪는 고독한 일이라고 했어. 나는 그런 걸 원하지 않아.

데스커드는 에퍼를 보고 망설이다가 말을 이었다.

– 하지만 나는 돌아갈 곳이 없어. 우리 부모님이 나를 탈와르 사제님께 팔았으니까.

에퍼의 눈이 커졌다.

─우리 집에는 자식이 아홉이나 있고 나는 밑에서 두 번째라 내가 팔렸어. 형이나 누나들은 나이가 많아서 후보가 안 된다고 했거든. 막내는 너무 어리다고 했고. 한쪽은 팔고 싶고 한쪽은 사고 싶다고 하니 팔린 거야.

데스커드는 억지로 밝은 척했다.

─아, 이건 비밀로 해야 한다고 그랬는데. 아무튼 대장장이 왕은 가족이 있어서는 안 된대. 하지만 어차피 가족들은 날 잊을 거고 나도 그 사람들을 잊을 거니까 상관없을 거라고.

에퍼는 데스커드의 말이 슬펐지만 어떻게 반응해야 할지 몰랐다. 여관에 있던 시절에는 어떻게 반응해도 욕설이 날아왔다. 가만히 있어서 최대한 눈에 띄지 않아야 했다. 이제 그 시절을 벗어났지만 그에 맞는 새로운 행동 방식은 아직 익히지 못했다.

─넌 말이 별로 없구나.

─응.

에퍼는 그렇게 대답해 놓고 자신의 목소리가 너무 어색해서 입을 얼른 다물었다. 데스커드는 대답을 들은 것만으로도 기뻤는지 콧노래를 흥얼거렸다. 에퍼는 몸을 웅크리고 가만히 노래를 들었다.

기둥 틈 사이로 어른 한 명이 나타나자 두 아이는 잔뜩 긴장했다. 어른은 손을 들어 두 사람을 안심시켰다.

－괜찮아, 괜찮아. 나는 나쁜 사람이 아니라 그냥 이 신전에 얹혀사는 사람이야. 여기에는 나쁜 사람이 들어올 수 없어. 주변에 이상한 것들을 잔뜩 설치했거든.

그가 입고 있는 옷은 대장장이 신의 사제들과 같았지만 나이가 훨씬 젊어 보였다.

남자의 갈색 머리카락은 어깨 바로 위까지 성의 없이 자라 있었다. 마른 얼굴은 광대뼈와 긴 턱이 도드라졌다. 새처럼 작으면서 튀어나온 입술이 사이를 두고 벌어져 있었다. 힘없이 풀린 눈은 그를 나른하고 조금 멍청하게 보이게 했다.

－나는 오카브라고 한다.

－오카브요? 그런 이름은 처음 들어 봤어요.

－넌 이름이 뭐라고 했지?

－데스커드요.

－내가 보기에는 네 이름이 더 특이한데? 내 이름은 사실 평범한 이름이 아니야. 내게 주어진 이름이지.

그렇게 말하는 오카브의 얼굴에 그늘이 드리웠다.

－네 옆에 있는 아이는 이름이 뭐니?

－에퍼요.

그 이름을 듣고 오카브가 얼굴을 찌푸렸다. 그도 데스커드처럼 이름의 유래를 알고 있는 것 같았다.

─그거 말고 다른 이름은 없니?

오카브가 두 후보를 만나는 동안 사제들은 현실적인 문제를 다루고 있었다. 각자 에퍼와 데스커드를 지지하는 쪽으로 편을 나누었지만 정작 자신이 옳다고 확신하는 사람은 아무도 없었다.

데스커드를 데려온 탈와르가 가르젠에게 물었다.

─시간이 촉박한데 그 아이를 어떻게 거기까지 데려갈 생각인가?

─그거야 말을 타고.

─말을 타고 여행할 수 있는 나이가 아니야. 그 아이가 여행하려면 마차가 필요한데 언제 그걸 만들고 있겠나? 우리에게는 대장장이 왕도 없는데.

가르젠의 옆에 앉아 있던 사제가 도움의 손길을 뻗었다.

─그건 내가 만들면 됩니다.

그는 평소 과묵한 사람이라 회의에 참석한 모두가 놀랐다.

─내가 금방 만들 수 있습니다. 대장장이 왕을 위한 의식을 치르는 동안. 의식보다 하루 정도만 더 주면 됩니다. 아이가 탈 수 있게 튼튼하고 편하게 만들 겁니다.

사제는 신이 나서 말소리가 빨라졌다.

-마치 침대에 누운 것처럼. 왕들도 그런 마차는 가져 본 적이 없을 겁니다. 그리고 마차를 모는 것도 내가 잘할 수 있습니다. 어릴 때부터 항상 몰아 왔으니까.

막혔던 목구멍이 뚫린 것처럼 말이 쏟아져 나왔다. 목소리를 낸 주인공은 두툼한 손가락을 자꾸 오므렸다 펴는 동작을 반복했다.

-이봐, 트라이버. 정말로 자네가 해낼 수 있겠나?

사제장 테커가 다짐을 받듯 물었다.

-할 수 있습니다. 무, 물론 다른 사제들도 도와주어야 해요. 마차를 만들 자재와 부품이 필요하니까. 만들려면 지금 당장 만들어야 하고요.

-트라이버의 말이 맞아. 우리는 얼른 후보를 결정해야 하네. 이렇게 낭비할 시간이 없어.

사제장 테커가 그렇게 말하자마자 문이 활짝 열리고 오카브가 나타났다.

-맞습니다, 사제장님. 여러분은 머저리처럼 쓸데없는 일로 시간을 낭비하고 있어요. 대장장이 신의 사제들이 이렇게 명청한 줄 황제는 모를 겁니다.

오카브의 말을 듣고도 아무도 놀라는 사람이 없었다. 그가 본래 그런 사람이라는 것을 모두가 알고 있었다.

- 오카브 님, 여기에 참여할 수 있는 것은 사제뿐이오. 우리 일을 방해하러 오셨소?

- 방해가 아니라 도우러 왔습니다. 답답한 사람들이 토론이 랍시고 의자 다리를 괴롭히는 것을 더 볼 수가 없어서요. 바깥에 있는 두 후보도 꽤 심심해하는 것 같고요.

사제들이 화내려는 것을 테커가 손을 들어 제지했다.

- 그렇다면 저분의 말을 들어 봅시다. 거침없이 행동하지만 명석한 분이니 좋은 생각이 있을 거요.

오카브는 기다렸다는 듯이 연설을 시작했다.

- 대장장이 왕이 된다는 것은 어찌 보면 인생을 괴로움 속으로 몰아넣는 일입니다. 우리는 아이를 데려다가 판단력을 갖추기도 전에 강요하고 있어요. 영광도 없고 명예도 없는 이 거추장스러운 일을 말입니다.

사제 몇 명이 분노를 터뜨리려고 했으나 사제장이 눈치를 주었다.

- 그러니 저 아이들도 선택할 권리가 있습니다.

- 그게 대체 무슨 뜻이오?

가르젠이 더 이상 참지 못하고 물었다.

- 모두 일어나서 후보 두 명에게 가십시다. 가서 물어봅시다. 저들의 이야기를 듣지도 않고 결정할 필요가 있습니까?

테커는 오카브의 제안을 숙고하느라 말이 없었다. 마침내 그는 결심했다.

-사실 이 말에는 일리가 있소. 직접 후보를 만나고 결정하는 쪽이 지혜로운 선택일 거요.

오카브가 만족했다는 듯이 고개를 끄덕이고 문을 열어 놓은 채로 먼저 나갔다. 일곱 사제는 의자 끄는 소리를 내며 천천히 일어섰다.

데스커드와 에퍼는 여전히 창조의 기둥 그늘에 앉아 있었다. 데스커드는 에퍼에게 할 이야기가 떨어져서 시무룩한 모습이었다. 에퍼는 여전히 땅을 보며 가만히 있는 것에서 평화를 느꼈다. 여관에서 보내던 시절에 비하면 지금 있는 곳은 천국과도 같았다.

그런데 여덟 명이나 되는 어른들이 다가오자 두 아이는 평온을 잃고 눈을 굴렸다. 테커가 둘을 진정시키고 그들이 뽑으려고 하는 대장장이 왕에 대해 설명했다.

신은 최초의 대장장이를 만나 그를 자기의 대리인으로 삼았다. 그래서 사람들이 신을 대장장이 신으로 부르게 되었다. 대장장이 왕은 신의 권능을 받아 인간의 지혜와 능력으로 만들 수 없는 물건을 만들어 낸다. 그는 물건을 만드는 모든 자를 다스리며 그들에게 기술을 부여하거나 거둘 수 있다.

테커의 말을 들은 데스커드와 에퍼는 어리둥절한 눈치였다. 이번에는 가르젠이 나섰다. 그는 역사에 남은 대장장이 왕들의 전설 같은 모험담을 들려주었다. 아이들의 눈이 번쩍 뜨일 만한 내용이었다.

－그러나 대장장이 왕의 절반 이상이 자기 수명을 채우지 못했지. 암살당하거나 전쟁에서 죽거나 해서 말이야. 대장장이 왕은 항상 목숨이 위협받는 자리야. 지금도 황제가 틈만 나면 대장장이 왕을 죽이겠다고 벼르고 있지.

탈와르는 그렇게 겁을 주면 자기가 데려온 아이, 나이가 많은 데스커드에게 유리하다고 생각했다. 그런데 가족의 보호를 받으면서 자란 데스커드는 오히려 겁이 많았다. 반대로 나이가 어린 에퍼는 암살이라는 말이 무슨 뜻인지도 몰랐고 험한 상황에 익숙했다.

사제장 테커가 탈와르의 협박을 전부 듣고 겁에 질린 아이들에게 물었다.

－그래도 대장장이 왕이 되겠느냐?

한 사람은 고개를 끄덕이고 한 사람은 고개를 저었다.

데스커드는 에퍼가 고개를 끄덕이는 것을 보고 자기 운명을 실감했다. 쓸모가 사라졌으니 또 버려질 것을 생각해 눈물을 뚝뚝 흘렸다.

─저는, 저는 이제 어떻게 되는 건가요? 여기에서 하인이라도 하면 안 될까요? 저는 갈 곳이 없어요.

에퍼가 가만히 손을 뻗어 데스커드의 옷자락을 잡았다. 그것이 에퍼가 할 수 있는 최고의 위로였다. 데스커드는 에퍼의 손이 자신의 옷을 잡아당기자 더 서럽게 울었다.

가르젠이 자신을 한심스럽게 쳐다보는 것을 느끼며 탈와르가 서둘러 말했다.

─널 어디로도 보내지 않을 거다. 이 신전에서 네가 할 수 있는 일이 있겠지.

작은 소동을 끝내고 돌아오는 길에 사제장 테커가 말했다.

─이제 반반의 확률이로군.

─에퍼가 실패하면 그때 탈와르가 데려온 아이를 시험하는 게 어떻겠습니까?

─가르젠, 저 아이는 대장장이 왕이 되겠냐는 말에 고개를 저었네. 대장장이 신도 그 모습을 보셨을 테니 선택받지 못할 거야. 오카브의 말에 넘어가지 말았어야 했어. 그냥 제비를 뽑아서 순서만 정했으면 되었을 것을.

─결국 에퍼가 통과하면 되는 것 아닙니까?

테커는 그 말을 듣고 가던 길을 멈추었다.

─맞네, 자네 말이 옳아. 자네의 안목이 우리를 구원했으면

좋겠어.

어린 후보는 일단 의식을 시작하기 전에 몸을 깨끗하게 씻고 통으로 짠 새 옷을 입었다. 의식은 밤에 진행되기 때문에 준비는 저녁에 이루어졌다. 다만 에퍼에게는 그날 아침부터 물 한 모금 마시는 것조차 못하게 했다. 에퍼에게는 처음 있는 일이 아니라 크게 고통스러워하지는 않았다.

창조의 기둥 주변에는 사람 키보다 높은 횃불이 두 줄로 세워졌다. 낮의 태양을 대신하지야 못하겠지만 불빛은 사방을 환하게 비추었다.

일곱 명의 사제 역시 평소와 다르게 깨끗한 사제복을 입었다. 사제장 테커는 책 한 권을 옆구리에 끼고 있었다. 나머지 여섯 사제는 에퍼를 호위해서 신전 안으로 들어가게 했다.

신전은 옛적 창조의 기둥이 세워지던 시절부터 존재했다. 건물의 입구와 3분의 1 정도 되는 지붕은 겉으로 드러났다. 나머지는 언덕에 묻혀 모습이 보이지 않았다. 언젠가 큰 지진이 일어나 무너져 내린 산이 건물을 덮었다고 했다.

가르젠이 작은 횃불을 에퍼의 손에 쥐여 주었다.

－안으로 들어가십시오. 길을 따라가면 방이 나올 것입니다. 그 방에서 기다리십시오.

에퍼는 가르젠의 엄숙한 표정에서 두려움을 느꼈다. 그리

고 자신이 들어가야 하는 신전의 어두운 입구에서 또 한 번 두
려움을 느꼈다.

– 괜찮습니다. 들어가십시오. 그 안에서 기다리고 있는 것
은 공포가 아니라 평안입니다.

간신히 고개를 끄덕이는 에퍼의 턱이 떨렸다. 횃불의 일렁
거림은 에퍼의 손이 흔들리는 것을 감춰 주었다.

에퍼는 서두르지 않고 천천히 한 걸음씩 떼어 신전의 어둠
을 뚫고 들어갔다. 불빛은 점점 작아지다 에퍼가 첫 번째 모퉁
이를 돌자 완전히 사라졌다.

사제들은 테커를 중심으로 좌우에 세 명씩 입구를 바라보
며 둥글게 섰다. 그들은 에퍼가 나올 때까지 대화도 움직임도
없이 가만히 서 있어야 했다. 테커는 옆구리에 낀 책을 빼서
양손으로 들었다.

오카브는 멀리서 데스커드를 데리고 그 모습을 지켜보다가
침을 삼켰다. 데스커드는 무슨 일이 벌어질지 몰라서 무작정
긴장했다. 오카브는 긴장하기보다는 기대하고 있었다. 그는
무슨 일이 일어날지 잘 아는 사람 같았다.

에퍼는 한 걸음 한 걸음 조심스럽게 발을 디뎠다. 다행히 바
닥은 솜씨 좋은 목수가 다듬은 나무처럼 매끄러웠다. 식물의
줄기나 벌레나 쥐가 침입할 법도 한데 신전에는 생명의 흔적

이 없었다. 길이 한 갈래라 에퍼는 그저 걷기만 하면 되었다.

처음의 두려움은 시간이 지나면서 많이 줄어들었다. 에퍼는 벽에 반사되어 나오는 빛이 아늑하게 느껴졌다. 이 길은 두려움의 길이 아니었다. 에퍼가 그 사실을 깨닫자 주위가 더욱 밝아지고 길이 넓어진 것처럼 느껴졌다.

좌우로 꺾이는 길은 가까운 곳을 멀리 돌아서 가게 만들어 놓은 것 같았다. 어쩌면 위치 감각을 흐트러뜨리기 위한 것일 수도 있었다. 에퍼는 점점 즐거워져 길이 끝나지 않기를 바라는 마음으로 걸었다. 그래서인지 길은 마침내 하나의 작은 방으로 연결되었다.

에퍼가 문이라고 부를 만한 구멍 안으로 들어서자 돌을 깎아서 안을 파낸 네모난 방이 나왔다. 공간을 차지한 것은 가운데 바닥을 깎지 않고 남겨 둔 네모난 탁자밖에 없었다. 높이는 에퍼의 허리 정도로 아주 낮았다.

– 에퍼.

에퍼는 사방을 두리번거리며 목소리의 주인공을 찾았다.

– 괜찮다, 에퍼. 놀라지 마라.

– 대, 대장장이 신이신가요?

에퍼의 입에서 말이 자연스럽게 나왔다. 에퍼 자신도 놀라지 않을 수 없었다. 목소리가 그렇게 자연스럽게 나온 것이 얼마 만인지 기억이 나지 않았다.

　-나는 신이 아니라 그분의 심부름꾼이다. 에퍼, 어서 네 앞에 있는 것을 삼켜라.

　다시 자세히 보니 돌이 솟아난 탁자 위에 검은 가루 같은 것이 한 무더기 쌓여 있었다.

　-네 손으로 가루를 집어 삼켜라.

　돌가루처럼 보이기도 하고 쇳가루처럼 보이기도 했다. 입에 넣으면 목구멍과 위장을 모두 찢어 놓을 것처럼 보였다. 에퍼가 머뭇거리며 손을 대었을 때 의외로 가루는 부드러운 천처럼 손가락을 타고 흘렀다.

　에퍼는 작은 두 손으로 최대한 많은 가루를 집어 입안에 넣었다. 그 순간 가루는 침과 섞이지 않고 제각각 의지를 가진 것처럼 부드럽게 흘러 목구멍으로 들어갔다. 에퍼가 예상했던 것처럼 혀에는 쇠와 돌을 핥은 듯한 맛이 남았다.

　눈에 보이지 않는 급격한 물살 같은 것이 에퍼의 작은 몸으로 밀려들었다. 이상한 기운이 주는 느낌은 정말 세찬 물결과 비슷했다. 에퍼의 앙상한 몸은 기운을 받아들이느라 벌벌 떨렸다. 온몸이, 특히 손가락의 감각이 남의 것처럼 어색하게 느껴졌다.

　-이제 만들어라.

에퍼는 이해하지 못하고 가만히 있었다.

–어서 만들어라. 너는 그럴 수 있는 능력을 받았다.

에퍼의 몸이 뜨거워졌고 정신은 유지하면서도 다른 사람이 된 것 같았다. 에퍼가 양손을 뻗자 탁자 위의 가루가 뭉쳐 금속 덩어리가 되었다. 에퍼는 손가락을 움직여 덩어리를 마음대로 주물렀다. 떼고 뭉치고 자르고 붙이고 압축하고 늘리고 다듬을 때마다 원하는 대로 변했다.

새의 날갯짓처럼 빠르게 움직이던 에퍼의 손가락이 멈췄다. 에퍼는 손에 든 물건을 볼 여력조차 없었다.

–그걸 가지고 가서 사제들에게 보여 주거라, 에퍼. 너는 이제 다시 그 이름을 쓰지 않을 것이다. 가거라, 새 대장장이 왕이여.

에퍼는 쫓기듯 방에서 나왔다. 어느새 손에서 횃불이 사라진 것을 알았지만 문제가 되지 않았다. 길은 환하게 빛나고 있었다. 에퍼는 그 길이 얼마나 정교하게 만들어져 작은 어긋남도 없는지 알 수 있었다.

에퍼는 한 갈래 길을 걸었다고 생각했지만 이제 다른 길이 눈에 보였다. 어째서 아까는 보이지 않았는지 이해할 수 없었다. 그 길을 따르면 곧바로 입구까지 갈 수 있었다. 몸에서 감당하기 어려운 힘이 솟아나 에퍼를 입구까지 달리게 했다.

에퍼가 바깥으로 나와 손에 든 물건을 들어 보이자 사제들이 탄성을 질렀다.

－만드셨군요.

테커가 책을 옆 사람에게 맡기고 두 손을 모아 에퍼가 건네는 물건을 받아 들었다.

－이 물건이 대체 무엇이지?

가르젠의 질문에 대답할 수 있는 사람이 없었다.

에퍼는 그때 처음으로 자기가 만들어 손에 꼭 쥐고 온 물건을 자세히 보았다. 크기는 겨우 달걀만 했다. 한쪽은 매끄러운 면이고 다른 한쪽은 세밀하고 복잡한 부품들이 달려 있었다. 흔들어도 당장 움직이거나 하지는 않았다.

－우리로서는 알 수 없는 물건이오. 아마 그가 걷는 왕의 길에 쓸모가 있겠지.

그렇게 말하는 탈와르의 얼굴에도 경외감이 서려 있었다.

－문제없소.

테커는 책을 부지런히 뒤지다 마지막 장에서 원하는 내용을 찾았다.

－알 수 없는, 알 수 없는, 알 수 없는 동그란 기계 장치. 여기 있군. 새로운 대장장이 왕의 이름은.

테커가 에퍼 앞에 무릎을 꿇으며 말했다.

– 당신의 새 이름은 에이어리입니다. 서른두 번째 대장장이 왕이시여.

그 말이 끝나기 무섭게 다른 사제들도 무릎을 꿇었다.

– 저희가 당신이 성인이 될 때까지 왕이 알아야 할 모든 것을 가르치겠습니다.

– 그 일에는 저도 끼워 주십시오. 제가 에이어리의 스승이 되겠습니다.

어느새 가까이 다가온 오카브가 말했다.

– 새 대장장이 왕을 가르치겠다고?

– 그러면 안 됩니까?

– 그건 위험하오. 왜냐하면 당신은.

– 오히려 좋지 않습니까? 얼마 전까지 대장장이 왕이었던 사람이니까요.

에이어리는 비로소 고개를 들고 스승이 될 사람의 얼굴을 자세히 보았다.

대장장이 신전과 그 주변 땅은 제국에 속해 있지 않다.

황제가 대장장이 신을 섬기던 시절에는 당연한 일이었다.

지금은 황제가 땅에 대한 권리를 주장하나

대장장이 왕들이 내어 주지 않는다.

대장장이 왕이 부재한 상황에도

역대 대장장이 왕들이 만들어 놓은

교묘한 방어 장치들은 공고하기 짝이 없어서

황제가 잠자리에 들기 전 군대를 동원하기로 결심했다가

아침 햇살을 받을 때쯤 고개를 저으며

그 무모한 상상을 후회하게 만든다.

X

사제들은 회의하고 트라이버는 마차를 만들고
데스커드는 작은 역할을 맡아 기뻐한다

여섯 사제는 다시 아침부터 식당에 모여 있었다. 어젯밤 오카브가 한 제안을 받아들여야 하는지를 결정하기 위해서였다. 트라이버는 마차를 만드는 것이 더 급해 토론에서 빠졌다. 마차를 만들지 않았더라도 빠질 수 있다면 빠지려고 했을 사람이었다.

–솔직히 말하면 그가 좋은 스승이 될 거라고 생각하오. 아무래도 우리보다야 낫지 않겠소?

그렇게 말하는 호문은 사제들 중에서 최연장자였다. 그는 체구가 사제 중 가장 작았고 수염은 누구보다 길었다. 깊게 파인 주름은 생각이 깊음과 동시에 각인된 것처럼 바뀌지 않는 고집을 뜻했다.

–저도 그렇게 생각합니다. 그보다 더 유능한 스승은 구할 수 없겠지요.

–나도 인정합니다, 가르젠. 하지만 오카브가 얼마나 불안

정한 사람이었는지 살펴봐야 한다는 겁니다. 그는 잘못된 선택으로 신의 은총을 잃었습니다.

심각한 얼굴로 말하는 할스는 본래 항상 웃고 다니기로 유명한 사람이었다.

– 그의 선택은 어쩔 수 없는 것이었습니다. 한 생명을, 한 나라를 구하기 위해.

– 다른 많은 생명을 희생시켰지요.

– 그러나 그들은 스스로 악을 선택해서.

– 그들은 명령을 따랐을 뿐이오.

사제들의 논쟁이 끝날 기미가 없어서 사제장 테커가 끼어들어야 했다.

– 에이어리 왕은 그를 마음에 들어 하시는 것 같았소. 사실 그러면 우리가 무조건 반대할 수도 없지. 오카브가 실수로 권능을 잃었어도 본래 심성은 정의로우니 스승이 되기에 부족함은 없소. 오히려 문제는 데스커드인데.

테커는 자신도 모르게 호문을 응시했는데 그 속에는 미묘한 의미가 담겨 있었다.

– 왜 나를 보시오?

– 아무것도 아닙니다.

– 내가 나이가 많다고 제일 먼저 죽을 거라고 생각하시오?

-아니, 그런 게 아니라.

-내가 제일 먼저 죽을 테니 그 아이를 새로운 호문으로 삼겠다는 것 아니오? 그 아이는 호문이 될 수 없소. 나는 아직 살날이 많이 남았으니까. 그 아이에게 재능이 있을지도 아직 모르는데.

-그럼 시험해 보십시오.

-처음부터 그런 생각으로 본 게 맞았군.

호문은 정말로 화가 나서 수염을 부르르 떨었다. 다른 사제들은 그 모습을 보고 웃음이 나왔지만 겉으로는 근엄한 척했다.

데스커드는 아침부터 창조의 기둥 아래에 앉아 있었다. 고개를 푹 숙이고 한참 있다 보니 목이 아플 지경이었다.

-이봐.

지나가던 사람이 그런 데스커드를 불렀다. 데스커드는 얼른 고개를 들었다. 대장장이 신의 사제 중 한 명이었으나 이름을 몰랐다.

-여기서 뭐 해?

그는 수줍음을 타는 사람처럼 작게 웅얼거리듯이 말했다.

-그냥 앉아 있어요.

사제는 마음을 정해 놓고 행동하기 망설이며 우물거렸다.

데스커드는 그가 결정할 때까지 쳐다보는 것 외에 할 일이 없었다.

─ 그럼 나를 도와줘. 조수가 필요해.

─ 조수요?

데스커드는 자기도 쓸모가 생겼다는 생각에 반색하며 일어섰다. 사제도 데스커드의 기쁨을 눈치채고 좋아했다.

─ 그, 그럼 가자, 데스커드.

─ 제 이름을 아시네요?

─ 모두 네 이름을 알아.

─ 저는 사제님의 이름을 몰라요.

─ 나는 트라이버야, 트라이버.

트라이버는 데스커드를 데리고 신전 언덕 아래로 내려갔다. 돌을 깎아 만든 듯한 계단은 겉보기보다 반듯했다. 표면을 대충 다듬어 적당히 울퉁불퉁하니 오히려 미끄럽지 않아서 발을 디디기 좋았다. 트라이버의 작업장은 계단을 내려가면 나오는 작업장 중 제일 먼 구석에 있었다.

트라이버는 걷는 도중 어색하게 서 있는 작은 나무 집을 가리켰다. 대장장이 신전 주변에 있는 모든 건물과 혼자 어울리지 않아 보였다. 사제들이 지은 것이 아니라 보통 사람이 지은 것처럼 엉성한 탓이었다.

─저기는 오카브 님의 집이야. 오카브 님이 신전에 머물 면목이 없으니 언덕 아래에서 살겠다고 해서. 에이어리 왕도 저기 계실 거야.

  데스커드는 에이어리를 만나고 싶었지만 수업을 방해하고 싶지 않았다. 에이어리는 벌써부터 오카브에게 가르침을 받기 시작했다. 사제들은 아직 그 문제로 토론 중이었지만 오카브는 제멋대로 왕을 끌고 가 버렸다.

  그때 오카브는 어린 에이어리에게 대장장이 왕의 문자를 설명하고 있었다.

  ─큰 원을 하나 그리라고 했지, 그렸니? 삐뚤구나. 아직 어리니 봐주마. 커서도 그렇게 그리면 대장장이 왕 역사상 최악의 악필이 될 거다.

  에이어리는 머리를 긁적였다.

  ─이제 사각형을 그려야 한다. 네 선의 길이가 똑같게 그려야 해. 아니, 아직 그리지 마라. 거기다 그리면 안 돼.

  오카브는 벌써 자신이 맡은 일이 피곤해졌다.

  ─원과 중심이 같게 그려야 하는 거다. 그래, 대충 그렇게 하는 거야. 그게 대장장이 왕 문자의 기본이다. 원과 사각형을 겹쳐서 만든 것은 하나의 세상으로 하늘과 땅을 상징하지.

  에이어리는 눈을 동그랗게 뜨고 놀랍다는 듯이 스승을 쳐다보았다.

　─그 세상에 선을 그어 구역을 나누고 네가 필요한 말을 채워 넣어야 하는 거야. 한 번에 두 개를 그리는 일은 없어. 하나의 문자로 하루 동안 떠들 내용도 다 표현할 수 있으니까.

　에이어리는 다시 머리를 긁적였다.

　─괜찮아, 어른이 될 때까지 끊임없이 배우게 될 테니까. 그리고 네 몸에 대장장이 신의 힘이 스며들수록 이해하기 쉬워질 거다. 이 문자를 만드신 분은 6대 대장장이 왕이시지. 그분은 이 글자를 쓰고 해석하는 일에 대장장이 왕의 능력이 깃들도록 하셨다.

　오카브는 에이어리의 손을 머리에서 떼어 주었다.

　─그러니까 대장장이 왕이 아니면 글자를 겉핥기 수준으로만 배우게 돼. 진정으로 깊은 의미는 이해할 필요 없이 자동으로 느끼게 된다.

　오카브가 준비해 두었던 나무판자 하나를 꺼내 에이어리에게 보여 주었다. 거기에는 마치 별자리 지도처럼 복잡한 대장장이 왕의 문자가 쓰여 있었다. 에이어리는 그걸 본 순간 몸을 뒤로 젖히고 눈을 크게 떴다. 벌어진 입을 다물지 못하고 손발을 부들부들 떨다가 옆으로 넘어졌다.

　─그래, 넌 아직 대장장이 왕의 문자에 대해 아무것도 모르

지만 느낄 수 있겠지? 이 문자가 주는 놀라운 충격에 대해서 말이야. 그걸 느낄 수 있다는 것은 대장장이 신의 권능을 지녔다는 뜻이다. 나는 이제 해석만 가능할 뿐 이걸 봐도 그런 느낌을 받을 수 없어.

오카브는 자신이 권능을 잃은 것에 대해 후회하지 않는 듯했다. 그의 말은 마치 남에게 일어난 일을 떠드는 것처럼 평온했다.

―그 외에도 너는 대장장이 왕의 역사부터 시작해서 온갖 지식을 배우게 될 거야. 몸을 단련하고 물건을 만드는 법도 익힐 거야. 대장장이, 목수, 그 밖에도 인간의 물건이라면 무엇이든 만들 수 있는 사람이 되어야 한다.

에이어리는 어떻게 반응해야 할지 몰라 가만히 있었다. 고개는 숙이지 않았는데 오카브가 나쁜 버릇이라고 말해 주었기 때문이었다.

―네가 받은 힘은 그릇이 커질수록 한없이 커질 수 있거든. 넌 굉장히 안 좋은 시기에 대장장이 왕이 된 불쌍한 녀석이니 대비가 필요해.

사제들의 토론은 슬슬 끝나가고 있었다.

―그러면 오카브가 왕의 스승이 되도록 합시다. 그리고 데스커드는 당장 마을로 보내지 말고 여러 사제의 밑에서 배우

도록 합시다. 그 아이의 장래는 좀 더 지켜볼 필요가 있소.

사제장 테커는 그렇게 정리하고 사제들을 내보낸 다음 한숨을 돌렸다.

데스커드는 트라이버가 만들고 있는 마차의 모습을 보고 감탄했다. 트라이버는 투박한 도구나 만들 법한 인상의 사람이었다. 그러나 그가 만든 마차는 섬세했고 오차 없이 정확하게 만들어졌다.

–실은 전부터 몰래 만들고 있었어. 이런 일이 생길 것 같아서. 다른 사람들한테는 비밀이야.

데스커드는 지금까지 고작해야 농사에 쓰는 수레 정도만 보았다. 그런 그의 눈에 이 마차는 왕이, 아니 황제가, 신이 타고도 남을 것처럼 보였다.

–아직 몇 가지 문제가 남았어. 일단 바퀴, 바퀴에 쇠를 덮으면 안 돼. 그러면 튼튼하지만 왕의 엉덩이가 아프단 말이야. 더 부드럽고 물렁한 것을 덧대야 해.

–그러면 바퀴가 굴러갈 때 다 터지잖아요?

–옳은 말이야. 그래서 너무 부드러우면 안 돼. 내가 생각한 재료는 이거야.

트라이버는 등에 진 짐을 내려놓았다. 꾸러미 안에서 무늬가 있고 두꺼운 짐승 가죽이 나왔다. 이미 털을 뽑고 삶아서 처리했다지만 냄새는 영 좋지 않았다.

　- 이게 뭐예요?

　- 카니세리움.

데스커드는 처음에 트라이버의 말이 농담이라고 생각했다. 그런데 만난 지 얼마 지나지 않았지만 그가 농담하는 사람처럼 보이지는 않았다.

　- 카니세리움 몰라?

　- 알아요, 무시무시한 괴물이잖아요?

　- 그래, 이게 카니세리움의 가죽이야. 아주 귀하고 구하기 힘든 물건이지. 보통 이걸로 사치품을 만들지만.

트라이버는 말을 멈추고 굵은 손가락으로 가죽의 결을 세심하게 쓰다듬었다.

　- 우리는 바퀴 네 개를 전부 이걸로 감쌀 거야. 그러면 좌석에 닿는 충격이 줄어들겠지. 황제의 대로는 평탄한 길이라지만 꼭 그렇지만도 않아. 돌멩이를 밟으면 마차가 펄쩍 뛰어오르는 기분이란 말이야.

트라이버는 가죽을 구부려 보더니 데스커드에게 가까이 다가오라고 손짓했다.

　- 카니세리움 가죽은 질기고 튼튼하지만 유연하기도 해. 이렇게 두꺼워도 잘 구부러진단 말이야. 자, 만져 봐.

데스커드가 딱딱해 보이는 가죽을 손가락 두 개로 집어 살짝 접었다. 그 정도 힘으로 쉽게 접혔다. 데스커드는 다시 집게손가락으로 가죽을 꾹꾹 눌렀다. 말랑말랑해서 안으로 푹 꺼졌다가 금세 원래대로 돌아왔다.

– 어때, 좋지?

– 굉장해요. 그런데 제가 이걸 바퀴에 달 수 있을까요?

– 아니, 이건 어려우니 내가 할 거야. 너는 저걸 색칠해 주면 돼.

트라이버의 말에 데스커드는 다시 마차 몸체를 보았다.

– 저걸 어떻게 칠해요?

– 어렵지 않아. 붓으로 슥슥 칠하면 돼.

트라이버는 수줍은 듯이 설계도를 건네주었다. 거기에는 마차의 각 부분을 어떤 색으로 칠해야 하는지 적혀 있었다. 데스커드는 글자를 몰랐지만 그 옆에 색을 칠해 표시해 놓아서 문제없었다.

– 칠하다가 내가 부탁한 심부름을 해 주면 돼.

– 할게요. 열심히 할 거예요.

트라이버는 새 조수가 일하는 모습을 보며 흐뭇해하고 싶었지만 시간이 없었다. 그는 아직 본체에 달지 않은 바퀴 네 개를 모아 놓고 일을 시작했다. 트라이버는 모든 부품을 일상적인 여행에 필요한 것보다 더 튼튼하게 만들었다. 그는 의식하지 못하면서도 앞으로 벌어질 폭력적인 상황을 내다보고 있었다.

－데스커드, 가죽이 모자라니 갖다줘.

다리 위에 온갖 물건을 올려놓아 움직일 수 없는 상황이라 그런 부탁을 했다. 잠시 후에 옆에서 쿵 소리가 나서 트라이버는 펄쩍 뛸 뻔했다. 가죽 한 장을 가져다 달라고 했는데 조수가 꾸러미 전체를 낑낑거리며 들고 왔다.

－너, 보기보다 힘이 세구나.

－그런 이야기는 집에 있을 때도 많이 들었어요. 나보다 세 살 많은 형보다도 힘이 셌거든요. 어째서 그 형을 안 팔고 나를 팔았는지 모르겠어요.

트라이버는 데스커드의 마른 몸에서 그런 힘이 나오는 것을 믿을 수 없었다. 그러나 이 작은 사건이 트라이버에게 영감을 주었다. 그는 본래 어떤 장치를 만드는 일 외에는 도무지 생각할 줄 모르는 사람이었다.

오카브는 에이어리를 그날 오후 내내 붙잡아 두었다. 내일 아침 출발하면 제자가 영영 돌아오지 못할 수도 있다는 점이 그를 괴롭혔다. 어린아이에게 그런 감정을 내보일 수도 없고 설명할 수도 없었다. 그는 새 대장장이 왕이 성인이 될 때까지 스승 노릇을 하고 싶었다.

ㅡ저기 말이야, 내일 아침에 네가 떠나면 오랫동안 못 볼 것 같아서. 나도 같이 가 주고 싶지만 그럴 수가 없단다. 그런데 너는 그 여행이 위험하다는 것을 알고 있니?

에이어리는 담담하게 그렇다고 했다.

ㅡ그래, 잘 아는구나. 그래서 너를 위한 선물을 주려고 한다.

오카브는 그렇게 말하고 작은 집 전체를 두 번씩이나 뒤진 끝에 그 물건을 찾았다. 에이어리는 그 물건을 보자마자 작게 감탄하는 소리를 내었다.

ㅡ전에도 본 적이 있을 거야. 가르젠이 자기 물건인 척했겠지만 원래는 내 거란다. 내가 대장장이 왕이었던 시절에 직접 만든 거지. 가르젠이 빌려 달라고 하도 졸라서 잠깐 빌려준 거야.

오카브가 든 물건은 팔찌처럼 생긴 작은 장치였다. 에이어리는 가르젠이 그 무기로 까마귀 발톱을 물리치던 때를 기억했다. 그때 자세히 보지는 못했지만 그 물건의 위력은 똑똑히 알았다.

ㅡ이건 이제 영원히 네 물건이다. 스승과 제자가 된 기념으로 이 물건을 줄 거야. 누가 널 죽이려고 한다면 이걸로 없애 버려. 조금 더 크면 네 마음에 들게 개조할 수도 있을 거다.

오카브는 팔찌의 길이를 줄여 에이어리의 손목에 맞춰 주었다. 그러나 어린아이에게는 너무 무거운 물건이었다. 에이어리의 한쪽 어깨가 축 처졌다.

– 생각해 보니까 이걸 쏘는 연습이 필요해. 대장장이 왕의 문자 따위는 다음에 배워도 돼. 진작 그걸 깨달아야 했는데. 자, 가자, 얼른 나가서 그걸로 적을 맞히는 연습을 하자.

오카브는 제자를 집 뒤의 공터로 데리고 가서 표적을 맞히는 연습을 시켰다. 아이의 가는 팔은 팔찌의 무게를 지탱하지 못했다. 다른 손으로 팔찌를 찬 손을 받치면서 쏘아야 했다. 그래도 에이어리는 표적을 제법 잘 맞혀서 오카브를 기쁘게 했다.

그러는 동안에도 트라이버는 마차를 완성하느라 잠시도 쉴 틈이 없었다. 그는 밤을 새워 일할 각오였다. 그나마 칠하는 수고를 데스커드가 덜어 주는 것이 다행이었다.

마차가 완성되고 에이어리와 함께 갈 사람을 정한 것은 밤이 깊어서였다. 트라이버는 본인이 만든 마차를 몰기 위해서 반드시 가야 했다. 그리고 위급할 때 에이어리를 지킬 수 있는 가르젠과 탈와르가 가는 것으로 정해졌다. 그들은 긴 여행을 위해 필요한 물품들을 뒤늦게 준비했다.

테커는 에이어리를 데리고 나타난 오카브의 의사도 물었

다. 물으면서 그의 눈은 에이어리의 손목에 달린 물건을 보고
있었다.

－왕의 스승도 가시겠소?

－가고 싶은 마음이야 있습니다만.

－그분을 만나게 되니 가지 않겠다는 뜻이로군요.

－그건 오히려 작은 일입니다. 제가 가면 왕의 목숨이 더 위
험해질 텐데요? 그전에 저부터 위험하겠지만요.

－오카브 님, 우리처럼 헌신의 맹세에 묶인 몸도 아니니 원
하는 대로 살아도 좋습니다.

－지금 저는 여기 있는 왕의 스승입니다. 일단 왕을 성인이
될 때까지 가르치고 생각해 보지요.

그날 밤 편안히 눈을 감고 잠든 사람은 없었다. 모두 뜬눈으
로 앞으로의 일을 걱정했다. 해가 뜨자마자 사제들은 신전 밑
으로 내려갔다. 트라이버가 밤새워 완성한 마차는 보면 볼수
록 탄성이 저절로 나왔다.

마차는 앞뒤 양 끝이 뿔처럼 뾰족하고 가운데는 둥근 모습
이었다. 방어를 위해 쇠를 덧대 놓은 것은 교묘하게 장식으로
위장되어 있었다. 데스커드가 칠한 마차의 몸체는 흰색과 붉
은색이 섞여 화려했다. 트라이버는 문틀부터 시작해 필요한
곳마다 금장식을 아끼지 않았다.

마차를 달리게 하는 것은 여섯 마리 제국산 말이었다. 황제가 아니라면 여섯 마리가 한계였다.

제국산 말은 전쟁용으로 품종을 개량해 덩치가 아주 크고 지구력이 좋았다. 그러나 소문에 따르면 괴물과 말의 피가 섞여 있었다. 유사 말 수컷과 일반 말 암컷 사이에서 태어났다고 했다. 괴물을 혐오하는 제국의 풍조를 생각하면 우스운 일이었다.

─ 제국이 보탬이 되는 건 말 하나밖에 없군.

테커의 말은 본인이 의도했던 것보다 더 씁쓸하게 들렸다.

─ 황제가 타는 마차보다 더 화려하군. 이렇게 화려한 마차를 타면 눈에 띄지 않겠소?

탈와르의 질문에 트라이버를 대신해 가르젠이 대답했다.

─ 마차는 황제의 길을 달리게 되어 있으니 눈에 띄는 게 더 좋소. 목격자가 많으면 황제도 함부로 행동하지 못할 테니까. 트라이버는 그걸 노리고 일부러 더 화려한 마차를 만든 거요.

트라이버는 가르젠의 말이 옳다고 했다. 그때 트라이버의 등 뒤에 숨어 있던 데스커드가 나왔다.

─ 저도, 저도 가게 해 주세요.

그 말이 너무 뜻밖이라서 사제들은 서로를 돌아보며 당황했다.

- 너도 가겠다고?

- 네, 저도 에이어리를, 왕을 지키겠어요.

- 하지만 네가 가면 우리가 널 보호해야 한다. 짐이 하나 더 느는 거야.

가르젠의 냉정한 말을 듣고 데스커드는 시무룩해졌다. 트라이버가 조용히 가르젠과 탈와르를 불렀다. 사람들은 출발 전에 상의할 일이 있어서라고 생각했다. 그러나 그는 데스커드에 대한 기대를 말해 듣는 두 사람을 놀라게 했다.

에이어리는 마차에 올라타기 전에 모두를 보았다. 그의 얼굴에는 기대와 두려움이 적절하게 섞여 있었다.

- 무사히 돌아오십시오, 왕이시여.

늙은 호문이 진심을 담아 말했다. 사제장 테커와 다른 사제들도 짐을 실으면서 같은 소망을 전했다. 밤을 샌 트라이버는 주변의 만류로 일단 마차 안에서 쉬면서 출발하기로 했다. 가르젠이 마부석에 앉고 탈와르가 마차에 오르자 출발 준비는 모두 끝났다.

데스커드는 창문으로 다가가 트라이버에게 작별 인사를 했다. 트라이버가 데스커드의 귀에 대고 속삭였다.

- 우리가 돌아오면 너는 왕을 지키는 자로 훈련받을 거야. 가르젠과 탈와르에게도 그렇게 부탁했어.

- 왕을 지키는 자요?

- 그래, 넌 튼튼하고 힘이 세. 그리고 왕은 지킬 사람이 필요해. 할 수 있겠어?

- 당연하죠.

- 그러면 다시 만나자.

트라이버는 오른손을 내밀어 데스커드의 여원 등을 두드려주었다.

가르젠이 모는 마차가 천천히 움직이기 시작했다. 마차를 끄는 말들은 아직 힘을 다 쓸 필요가 없다는 듯 가볍게 발을 놀렸다. 에이어리는 뒤로 난 창문 밖으로 얼굴을 내밀어 오카브와 데스커드와 사제들을 보며 그들에게서 멀어졌다.

황제의 마차는 여덟 마리, 왕과 귀족의 마차는

여섯 마리, 평민의 마차에는 네 마리까지

말을 연결하는 것이 허용된다.

첫 황제가 정했다는 이 규칙은 마땅한 근거를

찾을 수 없지만 모두에게 당연한 도덕처럼 여겨져

제국뿐 아니라 주변 나라에서도 좀처럼 어기는 사람이 없다.

XI

제국 변방에 있는 마을에 괴물이 찾아오고

놈팡이 가이자이는 손에

흙을 묻히지 않는 인생을 꿈꾼다

가르젠이 한때 에퍼라고 불리던 에이어리를 만나기도 전 제국 북쪽의 작은 마을에서 이상한 일이 일어났다.

간밤에 마을 최고의 부자 멜수스 씨가 키우는 다섯 마리 소 중 한 마리가 사라졌다. 다들 사람의 소행은 아니라고 했다. 외양간 바닥에는 핏방울이 떨어져 증거가 남았다. 사람이라 면 조용히 끌고 나가지 피가 흘렀다면 짐승이나 괴물의 짓이 었다.

- 그런데 이상한 점이 몇 가지 있다는 말이지.

어려서부터 눈이 나빠 모든 것이 희미하게 보인다는 한스 가 말하자마자 가이자이가 분통을 터뜨렸다.

- 그래, 지금 당장 말하지 않고 시간을 끌면서 멋있는 척을 해 봐. 곧바로 따귀를 날려 줄 테니까. 아니면 행정관 나리에 게 찾아갈 거야. 네 아버지가 중요한 정보를 함부로 흘리고 다 닌다고 신고해야지.

217

－알았어, 가이자이. 흥분하지 마.

한스가 눈을 가늘게 떠 가이자이의 얼굴을 보려 했지만 희미한 윤곽만 들어왔다.

－그런데 왜 갑자기 이런 일에 관심을 보이는 거야? 넌 세상만사에 무관심하고 누워서 하늘 보기가 취미잖아? 멜수스 씨가 무슨 친척이라도 되는 거야?

옆에서 같이 듣고 있던 림이 졸린 눈을 비비며 물었다. 그는 가이자이와 마찬가지로 농부의 아들이었다. 가이자이 만큼이나 일하는 것을 싫어했다.

－친척이라도 알 바 아니야. 하지만 친척이 될 수도 있지.

－그게 대체 무슨 말이야?

림이 웃음을 터뜨렸다.

－멜수스 씨가 요새 사윗감을 구한다는 것은 딱히 비밀도 아니지.

－그래서?

－내가 그 사위가 되려면 뭔가 눈에 들 만한 짓을 해야지 될 것 아니야? 잃어버린 소를 찾아 준 사람이라면 무시할 수 없겠지. 평소에는 나를 쓰레기 같은 놈이라고 부르니까.

－미쳤구나? 너도 널 사위로 삼고 싶지는 않잖아?

－그건 그렇지.

가이자이가 순순히 인정하는 것을 보고 한스는 림이 부러워졌다. 한스였다면 그 말이 끝나기도 전에 정강이를 차였을 것이다.

－그렇게 멜수스 씨 딸이 마음에 드는 거야?

－마음에 들기는. 이름도 기억 안 나. 우연히 몇 번 본 적이 있는 정도지.

－그러면 왜 멜수스 씨의 사위가 되려는 거야?

한스가 용기를 내어 끼어들었다. 가이자이는 한스를 힐끗 보더니 순순히 대답했다.

－멜수스 씨는 이 작은 마을에서 그나마 재산이 꽤 되지, 가진 땅도 많고. 자기가 직접 농사를 지을 필요가 없어. 하인을 시키거나 소작을 주면 되니까. 게다가 멜수스 씨는 부인도 죽고 자식도 딸 하나야.

가이자이의 이야기를 듣던 청년들도 상상 끝에 침을 꿀꺽 삼켰다.

－그러니 사위는 늙은 멜수스 씨를 대신해서 하인과 재산을 관리하게 될 거야. 멜수스 씨가 죽으면 재산을 다 물려받고. 평생 쟁기를 잡느라 손에 물집이 잡힐 일이 없는 거라고. 그거야말로 인간이 꿈꿔야 할 인생 아니겠어, 한스?

가이자이는 행복한 상상에 마음이 너그러워져 제법 다정하게 한스의 이름을 불렀다. 거기에 마음에 풀어진 한스는 이야기를 서둘렀다.

—첫 번째 이상한 점은 말이지. 매일 밤 가축을 습격하는 그 짐승이 언제나 딱 한 마리씩만 가져간다는 거야. 나머지는 건드리지도 않는대.

—그게 말이 돼? 늑대 같은 것들은 일단 우리에 들어가면 다 죽여 놓을 텐데?

한스는 림이 자꾸 끼어드는 것이 마음에 들지 않았다.

—그러니까 말이야. 오늘은 한 마리만 필요하니 이것만 가지고 가겠습니다. 그렇게 예의 바른 짐승은 본 적이 없다고.

—그게 끝이야?

—아니, 또 한 가지 이상한 점은 가축들이 지나치게 조용하다는 거야. 보통 짐승이나 괴물이 오면 하다못해 개라도 짖으니까 사람들도 아는 거잖아. 그런데 개건 소건 돼지건 닭이건 우는 법이 없어.

—잘 때 몰래 와서 물어 가니까 그렇겠지.

림이 그렇게 추측하자 한스는 그렇지 않다고 했다.

—멜수스 씨 집에 남은 소 중 한 마리는 심하게 놀랐는지 다리를 전다는데? 소들은 본 거야, 자기 친구를 잡아가는 괴물의 정체를.

- 괴물은 사람이 없는 곳에서나 사는 거야. 그건 상식이라고. 마을까지 와서 소를 훔쳐 가지 않아.

가이자이의 눈은 자기의 말과 반대로 기대에 차서 빛나고 있었다. 소는 보나 마나 이미 죽었을 것이다. 그러나 소를 훔친 괴물을 찾아낸다면 모두 가이자이를 다시 보게 될 것이다.

- 그러면 괴물이 다음에 어느 집을 습격하는지만 알고 있으면 되겠군.

- 그래, 그것만 알면 숨어서 지켜볼 수 있어.

- 더 들은 것 없어, 한스? 행정관 나리가 괴물이 다음에 어떤 집을 습격할지 예상했다든가.

- 그럴 수 있었으면 진작 괴물을 잡았겠지. 행정관 나리와 밑에 있는 부하들도 갈팡질팡하고 있어.

- 하기는 행정관 나리는 뭘 제대로 하는 법이 없지. 흠, 그렇다면 우리 셋이 그 괴물이 다음에 나타날 장소를 예상해 봐야겠어.

가이자이와 친구들은 어느 마을에나 보이는 일하기 싫어하는 젊은이들이었다. 그들은 뇌를 달고 태어났지만 그 거추장스러운 물건을 복잡한 생각에 쓰는 것은 사양했다. 오랜만에 생각다운 생각을 하려 해도 삐걱거리는 소리만 났다.

- 행정관 나리가 모르는 걸 우리가 알 리가 있나?

가이자이는 화가 나서 작은 기억 공간에 저장된 욕을 죄다 꺼내 놓았다. 그래도 분이 풀리지 않아서 땅에 박힌 돌을 차다가 발톱이 깨졌다.

－가이자이, 이 쓰레기 같은 놈아, 어디에 있어? 오늘은 일이 많으니 도망치지 말라고 했잖아, 가이자이. 안 나타날 거면 이대로 집을 나가서 멀리 사라져라. 가이자이, 이 돼지 한 마리보다 값어치가 떨어지는 놈아.

－날 낳은 부모조차 날 쓰레기라고 부르니 남들이 그렇게 부르는 게 당연하지.

가이자이는 목청 큰 어머니의 입을 막으려고 뛰어갔다. 한스와 림은 눈을 마주치고 서로 어색해서 돌아섰다. 둘은 가이자이가 없으면 남이나 마찬가지인 사이였다.

오랜만에 노동에 시달린 가이자이의 지친 몸은 아침이 되자마자 다시 움직였다. 당장은 힘들지만 조금만 고생하면 평생 놀고먹을 수 있다고 생각하니 힘을 낼 수 있었다.

나무로 지은 집이지만 마을에서 가장 좋은 집 앞에서 가이자이는 망설였다. 그의 뻔뻔함으로도 멜수스 씨를 설득하기는 쉽지 않았다. 멜수스 씨는 어설픈 부자답게 의심이 많았고 가이자이를 싫어했다. 가이자이가 생각해도 자신을 선뜻 좋아하기는 쉽지 않았다.

문을 두드리자 멜수스 씨의 딸이 나왔다. 생각해 둔 것도 있고 해서 가이자이는 그녀를 처음으로 자세히 보았다. 턱이 뾰족하고 키가 좀 크다는 점을 빼면 특별할 것이 없었다. 팔을 걷어붙인 것을 보면 일하다 나온 것 같았다.

— 무슨 일이세요?

— 가이자이 씨. 아니지. 멜수스 씨를 만나러 왔습니다.

여자는 당황하는 가이자이를 보고 작게 웃었다.

— 아버지는 나가고 안 계세요.

— 그럼 그 따님한테 용건을 말해도 되나요?

— 하세요.

— 그러니까. 말하자면. 소를 도둑맞았죠?

— 찾았나요?

— 아니. 찾기 위해 외양간을 조사해 보러 왔습니다.

— 어째서요?

가이자이는 어째서 그 말에 대한 대답을 준비하지 않았는지 후회했다.

— 일하기 싫어서인가요?

— 뭐라고요?

— 일하기 싫어하는 가이자이를 모르는 사람이 없으니까요.

가이자이도 자기 별명 정도는 알고 있었는데 그렇게 순한 별명은 없었다. 그녀가 그를 배려해서 말한 것이었다. 가이자이는 이렇게 된 김에 대담하게 나가기로 했다.

─맞습니다. 멜수스 씨에게 점수를 좀 따려고 그러죠. 나중에 잘 봐주실 수 있으니까요.

멜수스 씨의 딸은 결정을 앞두고 손톱을 깨물며 생각에 잠겼다. 가이자이는 이름을 물어보려다 어색해서 그만두었다.

─좋아요, 가서 살펴보고 가세요. 제가 따라가지 않아도 어디 있는지 잘 알죠?

외양간의 핏자국은 당연히 벌써 씻어 내고 없었다. 남은 소 네 마리 중 한 마리가 다리를 전다지만 걷지 않으니 알 도리가 없었다. 가이자이는 더 조사해 봐야 답이 나오지 않을 것을 알고 금방 포기했다.

다시 마당 쪽으로 나가자니 부끄러운 느낌이 들어 울타리를 훌쩍 뛰어넘었다. 그리고 창문에서 보이지 않는 집 뒤쪽 공터를 돌아서 떠났다. 멜수스 씨의 딸이 집 안에서 그 모습을 보고 웃고 있는 줄도 몰랐다.

그 후로 이틀 정도 있다가 난리가 났다. 가이자이는 이름을 잘 모르지만 자식 없이 노부부만 사는 집이 습격당했다. 그들은 마을 구석 외딴곳에 살고 있었다. 괴물은 집을 부수고 들어가 남편만 물어 갔다.

사람들이 소리를 듣고 일어나 몰려갔을 때 남은 것은 무너진 집과 부인뿐이었다. 부인은 남편이 물려 가는 모습을 목격한 충격으로 실어증에 걸렸다. 사람이 피해를 당한 것은 처음이었다.

– 행정관 나리는 괴물의 소행으로 단정 짓고 있어. 그래서 그림이 그려진 괴물 사전 같은 걸 구해 오라고 하셨대. 그런 책은 아주 비싸고 귀해서 이런 시골에서 구하려면 한참 걸리겠지.

한스는 가이자이를 만날 때마다 소식을 전해 주었다. 가이자이는 이제 관심이 없는 척했다. 사실은 관심이 많았지만 자신의 무능함을 들키고 싶지 않았다.

– 행정관 나리가 야간 순찰대를 조직하려는 계획을 포기하셨어. 그러다 피해자가 더 나올 수 있으니 차라리 밤에 돌아다니는 것을 삼가라고.

한스가 어느 날 그런 소식을 전하자 가이자이의 둔한 머리로도 생각이 떠올랐다.

– 그래, 간단하잖아? 밤에 마을을 돌아다니며 감시하면 돼. 그러다 보면 괴물이 또 마을을 습격하겠지.

– 우리를 보면 공격할 것 아니야?

한스가 걱정스럽게 물었다.

-그 괴물은 한 번에 하나만 노린다며? 우리는 세 명이니까 나머지 둘은 괴물을 보고도 무사할 거야.

-나는, 나는 그런 짓을 할 생각은 없어. 그건 용기가 아니라 만용이라고 부르는 거야. 내가 행정관 나리의 명령을 따르지 않은 게 밝혀지면 아버지도 곤란해질 거야. 그러니까 나는 빠지겠어.

한스의 반응은 드물게도 가이자이의 예상 그대로였다.

-좋을 대로 해. 겁쟁이는 기회를 잡지 못하는 법이니까. 림, 너는 할 거지?

-네가 말하지 않으면 내가 그렇게 하자고 말하려고 했어. 근데 우리 둘만 가는 거라면 미리 준비는 해 두자.

두 사람 다 괴물이 물어 갈 사람은 한스라고 생각한 모양이었다.

가이자이와 림은 수확하고 남은 짚 한 단을 구했다. 긴 줄기만 가지런히 모아서 한쪽 끝을 묶어 끝이 뾰족한 모자를 만들었다. 눈 쪽에 구멍을 뚫고 쓰고 있다가 유사시에 제자리에 앉으면 위장이 되었다. 두 사람이 쓸 것을 만드느라 하룻낮을 통째로 써 버렸다.

그날 밤 두 사람은 해가 지자마자 밖으로 나와 만났다. 당연한 일이지만 해가 지고 난 다음에 마을을 활보하는 사람은 없

었다. 두 사람은 괴물의 눈에 띌까 봐 불빛도 없이 땅바닥에
앉았다. 구멍으로 보이는 세상은 존재하지 않는 것이나 다름
없었다.

– 생각해 보면 이 마을 사람들도 다 멍청해.

가이자이는 자기 목소리가 적막 속에서 생각보다 크게 들
리자 목소리를 낮췄다.

– 왜 그렇게 생각해?

림은 아예 처음부터 속삭였다.

– 지난번에 사람이 물려 갔잖아? 그 사람은 집에서 자고 있
었단 말이야. 집을 부수고 해치는 괴물한테 집 안에 숨어 있는
게 무슨 소용이야?

– 그러네.

림은 가이자이의 말에 동의하면서도 재빨리 반박했다.

– 그렇다고 집 밖으로 나와서 짚으로 만든 모자를 쓴 우리
가 똑똑한 것도 아니야. 그 괴물이 냄새라도 잘 맡는다면 우리
는 곧바로 죽은 목숨이야. 둘 중 하나는. 한 명은 살겠지만.

– 그런 이야기는 아까 낮에 했어야지. 냄새를 생각 못 했네.
괴물들은 대부분 냄새를 잘 맡는다고 들었단 말이야.

림이 낄낄대면서 작은 병에 든 액체를 가이자이의 짚 모자
에 휙 뿌렸다. 시큼한 냄새가 가이자이의 코를 뚫고 들어왔다.

- 뭐야, 이게?

- 식초야. 카니세리움이 신 냄새를 싫어한다고 들었거든.

- 만약 그게 아니라면?

- 그럼 죽는 거지, 뭐. 그래도 대단한 죽음이잖아. 병들어 침대에 누워 죽는 것보다는 의미가 있다고.

- 의미는, 죽는 것에 무슨 망할 의미가 있어?

가이자이는 당장 림의 멱살을 잡고 얼굴을 마구 치고 싶어졌다. 그 태평스러운 소리가 짜증 나서 견딜 수가 없었다.

- 죽고 싶으면 혼자 죽어. 난 네 정신 나간 짓에 동참할 생각은 없으니까.

가이자이가 모자를 벗어 던지려는 것을 림이 말렸다.

- 그러면 도망가겠다는 거야? 어쩌면 오늘 밤 괴물이 정말로 올 수도 있는데? 멜수스 씨의 사위가 되어 행복하게 살 수도 있는데? 만약 내가 그 괴물의 정체를 알고 멜수스 씨를 찾아가 따님에게 청혼하면 어떨까?

그렇게 말하는 림은 모습이 보이지 않아도 평소의 림과 다르다는 것을 알 수 있었다.

- 괴물이 우리를 공격해도 더 맛없게 생긴 하나는 살 수 있어. 그 기회를 포기하겠다는 거야, 가이자이? 그러면 그냥 패배자일 뿐이잖아. 우리처럼 일하지 않는 자들은 가끔 목숨을

걸어 주어야 하는 거야.

림은 진지하게 말을 이었다.

－그렇게라도 하지 않으면 우리는 정말 인간으로서 가치가 없다고.

－넌 네가 무슨 말을 하는지 알고는 있는 거야?

－알고 있어. 그리고 오늘 괴물이 오지만 집 안에 있는 사람들은 모두 안전하다는 것도 알지.

가이자이는 두려움이 점점 커져 입 밖으로 비어져 나오려는 것을 느꼈다.

－어떻게 아는데?

－생각해 봐, 가이자이. 마을을 습격하는 괴물이 항상 가축한 마리나 사람 한 명만 노렸잖아. 그건 괴물의 본성이 아니야. 그냥 괴물 한 마리가 습격하는 거였다면 닥치는 대로 죽였을 거야.

림은 짚으로 만든 모자 뒤로 하얗게 질린 가이자이의 얼굴을 상상했다. 실제 모습도 크게 다르지 않았다.

－그런데 어떻게 한 마리만 죽일 수 있었을까? 그건 괴물이 목적이 있는 사람의 통제를 받을 때만 가능해.

－그래서 네가 괴물을 통제한 사람이야?

－아니, 가이자이. 너나 나나 이 시골을 벗어나지 못하는 놈

팡이일 뿐이잖아. 나는 그저 부탁을 받고 안내를 해 준 거야. 마을에 대해 잘 아는 사람이 목표를 정해 주어야 실험이 된다고 해서.

－무슨 실험?

－그거야 나도 모르지. 내 역할은 그저 안내해 주는 건데.

림은 어깨를 으쓱해 보였다. 모자를 쓰고 그러는 것은 우스 꽝스러웠지만 가이자이는 여전히 공포를 느꼈다.

－그래서 오늘은? 오늘의 목표는 누구인데?

－오늘은 친구 하나를 데리고 나와 달라고 부탁하더라. 이 번이 마지막이라고 했어. 실험이 끝나면 평생 편안하게 살 수 있는 대가를 준다고. 그래서 처음에는 한스를 데리고 나올 생각이었지.

가이자이는 일이 어떻게 되어 가는지 알아차렸다.

－그런데 그 눈치 빠른 자식이 싫다고 하니까 너를 데리고 나온 거야. 식초 냄새가 나는 쪽이 목표물이라고 미리 정했어.

가이자이는 당장 모자를 벗어 던졌다.

－넌 진짜 끝내주는 멍청이야, 림. 내가 지금 당장 소리를 지르면 어떻게 될까?

－넌 소리를 못 질러.

－왜?

가이자이의 바로 옆 어둠 속에서 두 개의 눈이 파랗게 빛났다. 조용히 다가와 갑자기 존재감을 발산해서 사냥감을 압도하는 것이 괴물의 사냥 방식이었다. 주변의 공기가 팽창해서 몸이 눌리는 느낌이 들었다.

가이자이는 그 눈이 파란색이 아니라 노란색인 것 같다는 생각도 들었다. 색을 알 수 없는 불똥이 눈물처럼 눈에서 뚝뚝 떨어지는 듯했다. 가이자이의 눈에서도 눈물이 나왔지만 빛나지 않았다. 소리를 내려고 했지만 목구멍에 들어찬 공기가 무거워 움직일 수 없었다.

카니세리움이 입을 벌리자 허옇고 거대한 이빨이 보였다. 그 뒤에는 오직 공허만 있었다. 들어가면 다시는 의식 있는 존재가 될 수 없었다.

위대한 존재의 몸은 산처럼 거대했고 근육은 뱀처럼 꿈틀거렸다. 괴물은 인간에게 원초적인 두려움을 주었다. 가이자이는 거의 다 소화된 위 속 내용물을 토했다. 몸이 끊임없이 떨리는 것이 마치 희열처럼 느껴져 그를 억지로 웃게 했다.

그는 어째서 멜수스 씨의 소가 다리를 절게 되었는지 이해했다. 그 소는 감히 압도적인 존재를 거슬러 움직이려고 했던 것이다.

가이자이는 모자를 벗은 림도 그와 마찬가지로 떨고 있는 것을 보았다. 다음 순간 카너세리움은 앞발을 들어 접시 안의 콩을 찍듯이 림을 찍었다. 림의 몸은 반으로 잘려 달빛을 받으며 공중으로 튀었다.

그 광경을 보고 가이자이는 진심으로 아름답다고 생각했다. 강한 존재가 약한 존재를 파괴하는 것은 자연의 섭리라는 생각이 스치듯 떠올랐다.

가이자이가 바지에 오줌을 지리는 순간 발톱이 그의 몸속으로 깊게 파고들었다.

그날 이후로 마을에 괴물이 찾아오는 일은 다시 없었다.

『생물 사전』의 저자 흄 알라비드의 분류에 따르면

괴물 중에서 인간과 의사소통할 수 있는 지능을 소유하고

인간의 숭배를 받는 종을 영물이라고 부른다.

그리고 영물 바로 아래 단계에서

가장 영리하고 강력한 종으로 카니세리움을 꼽고 있다.

그러나 스타인 북동쪽의 산악 지대에는 카니세리움을

숭배하는 사람들이 사는 마을이 있다고 알려졌다.

그들은 일 년에 한 번 마을 젊은이 중 한 명을 제비뽑기해

카니세리움에게 제물로 바친다.

스타인 왕국의 행정력이 가장 멀리 뻗치던 시절에도

그런 풍습을 끝내 금지할 수 없었다.

XII

대장장이 왕이 탄 마차가 카니세리움을 만나
바퀴가 망가지도록 도망친다

대장장이 왕 에이어리는 황제도 부러워할 마차에 타고 있었다.

　마차를 만들고 모는 사람은 대장장이 신의 사제 트라이버였다. 대장장이 신의 사제 중 두 무기라고 불리는 가르젠과 탈와르가 왕의 곁을 지켰다. 두 사람 모두 사제가 아니었다면 장군이 되고도 남았을 사람들이었다.

　그들은 기일 안에 평화 협정이 맺어지는 전쟁의 제단까지 도달하기 위해 달리고 있었다. 전쟁의 제단은 제국의 중심부에서 동쪽으로 약간 치우쳐 있었지만 잘 뚫린 황제의 길을 이용해 일상적인 속도로 여행한다면 칠팔일 정도가 걸렸다. 단순하게 계산하면 며칠 여유가 남았다.

　그러나 황제가 아무 준비도 없이 그들을 맞을 것 같지는 않았다. 황제가 방해할 생각이라면 시간은 아무리 넉넉해도 부족했다.

－우리가 가야 할 곳은 전쟁의 제단이라고 불립니다. 저는 전쟁의 도마라고 부르는 것을 더 좋아하지요.

가르젠은 대장장이 왕이 된 에이어리에게 신하의 태도를 보였다. 에이어리는 그것이 어색하지만 내색하지 않았다. 두 사람의 관계는 앞으로 영원히 그렇게 될 것이라고 에이어리는 작은 머리로 짐작했다.

－전쟁의 도마라는 말은 7대 대장장이 왕께서 만드신 것입니다.

탈와르는 자기가 이야기하고 싶다는 티를 내지 않으려고 부드럽게 끼어들었다. 그도 가르젠이 데리고 온 에이어리를 왕으로 기꺼이 인정했다. 가느다란 콧수염과 날카로운 눈은 그를 언뜻 비열한 악당처럼 보이게 했다. 그러나 겉보기와 다르게 진중한 사람이었다.

트라이버는 마차 여행의 피로를 줄이기 위해 의자를 푹신하게 만들어 놓았다. 바닥이 넓은 의자는 밤에 왕의 침대 대용이었다. 돌이 깔린 길을 지나면서 마차는 여행의 기분을 느낄 정도로 적절하게 흔들렸다.

－황제의 길에 들어섰군.

창문을 열어 본 뒤 가르젠이 중얼거렸다. 에이어리는 창밖으로 잘 포장된 길을 보며 감탄했다.

-아까 전쟁의 도마 이야기를 했지요.

탈와르가 이야기를 이어 나갔다.

-본래 이름은 전쟁의 제단입니다. 이야기는 첫 황제가 첫 왕들을 신하로 데리고 전쟁을 벌이던 시기로 거슬러 올라갑니다. 황제는 왕들과 함께 적에게 쫓기다 지쳐 바위에 기대어 잠이 들었습니다. 그는 꿈을 꾸게 됩니다.

이야기를 전하는 탈와르는 평소와 다르게 약간 흥분한 모습이었다.

-꿈속에서 한 신이 나타나 그에게 말했습니다. 네가 기댄 바위는 나의 제단이니 그 위에서 짐승을 잡아 그 심장을 나에게 바쳐라. 그러면 적을 물리치고 새로운 나라를 세울 수 있을 것이다.

-그 신은 대장장이 신인가요?

여행을 시작하고 에이어리가 먼저 묻는 것은 처음이었다. 그 대상이 가르젠이 아니라 자기라서 탈와르는 눈에 띄게 기뻐했다.

-확실히는 모릅니다. 한때는 제국 사람들이 모두 그렇게 믿었던 적도 있었지요. 지금은 다른 신이라고 믿을 것을 강요합니다.

-나는 대장장이 신이라고는 생각하지 않소. 대장장이 신이

제물을 바치라고 하신 적은 한 번도 없으니까.

　- 제단은 어디까지나 상징적인 거요, 가르젠. 정말 중요한 의식이라면 단 한 번만 허용되는 경우도 있다고. 그리고 황제가 불리한 전쟁을 어떻게 이겼는지는 어디에도 자세히 나와 있지 않소. 어쩌면 대장장이 왕의 능력으로 무기를 만들게 하셨을 수도 있지.

　- 하지만 첫 대장장이 왕이 역사에 나타난 것은 한참 나중 일이오. 황제가 나라를 세우고 왕들에게 영토를 하사한 다음이라고.

　에이어리는 두 사람의 지겨운 토론을 듣지 않고 창밖을 보았다. 아무것도 없이 풀만 무성하게 자란 들판이 끝없이 펼쳐졌다. 에이어리는 마차에서 내려 지평선까지 뛰어간다면 얼마나 걸릴까 상상했다.

　가르젠과 탈와르의 말다툼은 언제나처럼 결론 없이 끝났다. 탈와르는 에이어리가 풍경에 질릴 때까지 한참 기다렸다.

　- 아무튼 잠에서 깬 첫 황제는 주변에서 돼지 한 마리를 사냥했습니다. 돌아와서 보니 그들이 기대어 쉬던 바위는 정말 제단처럼 평평했지요. 제단 위에 돼지를 올리고 여덟 조각으로 나눈 다음 심장을 바쳤습니다. 고기는 불에 구워 먹었다고 합니다.

–거참, 맛있었겠군.

가르젠은 구운 고기를 생각하며 입맛을 다셨다.

–이후로 그들이 전쟁에서 승리하자 전쟁의 제단이라고 불리게 되었습니다. 제국의 귀중한 유산이라 평소에도 군인들이 상주하며 지키고 있지요.

탈와르가 이야기를 잠시 멈추는 틈을 가르젠이 놓치지 않았다.

–훗날 7대 대장장이 왕께서 주변을 지나다 그 제단의 유래를 듣게 되셨습니다. 그분은 재치가 넘치는 분이라 이야기를 듣자마자 그러셨지요. 그러니까 저기에서 돼지고기를 잘랐단 말이지? 그러면 제단이 아니라 도마라고 불러야지.

–그래서 제국 밖에서는 전쟁의 도마라고 불리는 일이 더 많습니다.

그날은 아무 일도 없이 조용히 지나갔다. 다음 날도 마찬가지였다. 그들은 황제의 길이 교차하는 곳에 세워진 상업 도시 바니타까지 무사히 도착해 식량을 보충했다.

에이어리는 처음 보는 광경이라 시장의 모든 것을 신기하게 생각했다. 처음에 강렬한 색깔들이 눈을 덮쳤다. 이어서 향기로운 냄새와 악취가 섞여 코를 찌르고 소란스러움이 귀를 막았다. 에이어리의 감각은 바다 한가운데에 던져진 것처럼 어지러웠다.

불과 얼마 전까지만 해도 에이어리는 재를 뒤집어쓴 노예였다. 그때는 자기 이름조차 따로 없어 에퍼라고 불렸다. 지금 에이어리는 높은 귀족의 어리고 귀한 자녀처럼 보였다. 좌우에서 그를 호위하는 가르젠과 탈와르를 보면 누구도 의심할 수 없었다.

– 이곳에도 까마귀가 있겠군그래.

탈와르는 일부러 주변을 한 바퀴 돌아보았다.

– 그렇겠지. 우리를 보자마자 알아볼 거요. 그런데 저들이 아니더라도 황제는 우리가 어디에 있는지 알 테니까. 출발하는 것부터 보고받았겠지.

가르젠이 그렇게 대답하자 이번에는 탈와르도 동의했다.

번화하고 혼잡스러운 시장 안에서 대장장이 왕을 암살하려는 시도는 없었다. 그렇게 하면 황제가 대장장이 왕을 죽이겠다고 모두에게 공표하는 꼴이었다. 황제는 정치적 위험이 없는 방법을 사용하기 원했다. 그러나 가르젠과 탈와르는 만약을 대비하느라 긴장을 놓을 수 없었다.

에이어리는 아무것도 모르고 사기꾼이 파는 용의 알을 구경했다. 반투명한 껍질 안쪽은 붉은색이었고 작은 용이 웅크린 모습이 비쳤다.

-이거 진짜예요?

-물론입니다, 도련님.

비열한 미소를 지으며 상인이 대답했다.

-물론 가짜입니다, 도련님. 진짜 용의 알은 훨씬 크고 속도 보이지 않습니다. 그리고 용의 알을 훔치는 것은 그 용을 죽여야만 가능한 일입니다. 알을 품는 동안에는 용도 제자리에서 움직이지 않거든요.

탈와르가 정작 하고 싶은 말은 맨 뒤에 있었다.

-실수로 한 번 만난 적이 있는데 제 평생 만난 적 중에서 가장 강했습니다.

탈와르가 팔을 걷어 악마의 얼굴처럼 일그러진 흉터를 보였다. 연신 사과하는 상인을 뒤로하며 가르젠이 껄껄 웃었다.

-탈와르의 말을 전부 믿지 마십시오. 저 상처는 불을 뿜는 도마뱀하고 싸우다 생겼을 겁니다. 알을 품은 용을 만나면 저 친구 따위는 비명도 못 지르고 곧바로 죽을 겁니다. 저야말로 진짜 용과 싸운 적이 있지만 말입니다.

에이어리는 구경거리를 남겨 둔 아쉬움을 간직하고 마차로 돌아왔다. 트라이버는 자식과 같은 마차를 정비하고 있었다. 가르젠과 탈와르가 짐을 싣고 나서 마차는 다시 출발했다.

하루가 더 평온하게 흘러갔다. 그들은 황제의 길 옆에 있는 작은 마을 하나를 지나갔다. 마을 입구에서 놀던 아이가 마차를 보고 입을 쩍 벌렸다. 에이어리는 창문 가림막을 걷고 바깥을 구경하다 그 아이와 눈이 마주쳤다.

아이는 부러운 시선으로 에이어리를 보았다. 에이어리는 아이의 낡고 해진 웃옷과 종아리가 훤히 드러나는 짧은 바지를 보았다. 아이는 에이어리를 다른 세상에서 온 사람처럼 여겼다. 에이어리는 자신이 불과 얼마 전까지 얼마나 비참했는지 기억했다.

에이어리는 아이에게 자신의 겉모습과 실체가 얼마나 다른지 말하고 싶었다. 그러나 입을 열기도 전에 마차는 아이가 보이지 않는 곳까지 달려 나갔다.

밤에는 마차를 세우고 야영을 했다. 원기가 넘치는 제국산 말들도 휴식할 시간이 필요했다. 에이어리는 마차 안의 푹신한 의자에서 잤다. 트라이버는 마부석에 기대어 잤다.

가르젠과 탈와르는 번갈아 보초를 섰다. 트라이버가 자신도 참여하겠다고 했지만 소용없었다.

— 그건 안 되겠소. 마차가 길을 벗어나서 어디에 들이박는 걸 원하지 않거든.

다음 날에 처음으로 이상한 징후가 있었다. 한참 길을 따라 경쾌하게 걷던 말들이 갑자기 걸음을 멈추고 흥분하기 시작했다. 능숙한 트라이버조차 진정시키기 쉽지 않았다.

─무슨 일이오?

마차 밖으로 나온 탈와르는 칼자루에 손을 대고 있었다.

─말들이 흥분했소. 냄새 때문에.

─냄새?

트라이버가 간신히 말들을 다독여 마차를 길에서 벗어나게
했다. 마차가 멈추자 가르젠이 풀쩍 뛰어내렸다.

─무슨 일이오?

─냄새가 난다는데?

두 사람은 길바닥을 살피다 끈적거리는 아교 비슷한 것을
발견했다. 누가 일부러 길을 가로질러 뿌려 놓은 것이었다. 탈
와르가 주변에서 나뭇가지를 구해 찍은 다음 냄새를 맡았다.
코에서 냄새를 파악하기도 전에 위장이 먼저 반응하고 경련
했다.

─괴물의 분비물이오. 종류는 모르겠지만. 냄새를 맡아 보
니 바로 알겠군.

탈와르가 바닥에 침을 탁 뱉었다. 여전히 메슥거리는 속을
달랠 길이 없었다. 가르젠도 냄새를 맡더니 탄식을 내뱉었다.
트라이버도 어느새 곁에 와서 코를 킁킁거렸다.

트라이버가 길을 따라 달려가다가 중간에 양손을 들고 흔

들었다. 그곳에도 분비물이 있다는 표시였다. 길뿐만 아니라 주변에도 분비물이 여기저기 흩어져 있었다.

－황제의 길을 이용하지 말라는 뜻이군.

가르젠은 농담처럼 말했지만 그의 목소리에 먹구름이 끼어 있었다. 트라이버는 한참 더 가서 다시 손을 흔들었다.

가르젠이 마차로 가서 지도를 가지고 왔다. 가르젠과 탈와르가 지도를 보는 동안 에이어리는 마차 안에서 불안해했다. 임무에 열중한 세 사제는 어린 왕의 마음을 헤아리지 못했다.

－지금 우리가 있는 곳이 바니타 남쪽이니까 아마 여기쯤일 거요.

가르젠이 굵은 손가락으로 한 지점을 가리켰다.

－여기까지만 가면 저 더러운 분비물은 치워 놓았겠지. 자기들도 이용해야 하니까. 우리가 제국 수도와 되도록 먼 길을 택할 것을 알고 부린 수작이오.

－거기까지 며칠 길인데 길 밖으로 가야 하는 거요?

－다른 방법이 있을까? 덕분에 시간이 좀 지체되겠지만 아직은 여유가 있소.

트라이버가 돌아오자 그들은 다시 마차에 올랐다. 황제의 길에서 멀찍이 거리를 두고 그대로 따라갔다. 대부분 평지 길이라 큰 문제는 없었다. 그러다가 세 줄기 시내라고 불리는 강을 만났다.

세 줄기 시내는 한때 정말로 세 갈래로 흘렀다는 말이 있으나 지금은 한 줄기였다. 황제의 길을 잇기 위해 제국은 건축 기술을 총동원해 튼튼한 돌다리를 만들어 놓았다. 이름은 시내였지만 실제로는 폭이 넓고 수심이 꽤 깊은 강이라 마차로는 건널 수 없었다.

– 내가 황제라면 저 다리 한가운데를 괴물들의 화장실로 쓰게 했을 거요.

트라이버가 그 소리를 듣기 무섭게 다리 한가운데로 달려가서 손을 흔들었다. 가르젠과 탈와르는 그가 구역질하는 모습을 멀리서도 똑똑히 볼 수 있었다.

세 줄기 시내에는 다리가 두 개 더 있었다. 그 다리들을 이용하려면 북쪽이나 남쪽으로 한참 달려야 했다.

북쪽 다리는 젤레즈니 왕국과 자유 동맹으로 이어지는 길로 쭉 가다가 바니타가 세워진 교차로에서 오른쪽으로 꺾으면 나왔다. 그러려면 그들이 지금까지 달렸던 방향을 다시 거슬러 올라가야 했다. 남쪽 다리는 그나마 가까운 곳에 있었다.

– 북쪽으로 갈지 남쪽으로 갈지 정해야겠군. 아무리 생각해도 이 다리는 지나갈 수 없겠어.

그들이 맞닥뜨린 다리의 이름은 마리였다. 세 줄기 시내에 얽힌 전설에 나오는 세 요정 중 둘째의 이름을 따서 지은 것이었다. 가르젠은 다리가 아니라 요정 마리를 보는 것처럼 아련한 눈빛을 보냈다.

 - 거리상으로 보면 북쪽 다리가 훨씬 더 멀지만 그쪽이 나을 수도 있소. 며칠 여유가 있으니까 말이오. 젤레즈니 여왕과 자유 동맹 지도자를 위해 그쪽 다리는 막지 못했을 것 같거든. 남쪽 다리라면 스타인 왕국 정도나 이용할 텐데 그쪽은 아마 초대도 받지 못했을 거요.

가르젠과 트라이버도 탈와르의 의견에 동의했다.

 - 그럼 북쪽으로 갑시다. 그나저나 우리가 지금 있는 장소는 공격하기 딱 좋은 곳인데? 내가 황제라면 여기에서 우리를 죽이려고 들겠소.

탈와르가 가르젠에게 불길한 소리는 집어치우라고 말하는 순간 다른 소리가 들렸다. 사람과 말 모두 그 소리를 들은 것이 현실처럼 느껴지지 않아 가만히 있었다. 그러나 그들이 당장 움직이려고 해도 움직일 수는 없었을 것이다. 카니세리움의 울부짖음은 모든 생물을 본능적으로 얼게 했다.

 - 카니세리움.

가르젠이 그렇게 외쳤을 때 모습을 드러낸 것은 두 마리였다. 갈기가 길게 늘어진 수컷과 갈기가 없는 암컷이 한 마리씩

보였다. 덩치는 암컷이 조금 더 컸으나 흉포함은 수컷이 더 심했다.

두 마리가 포효를 멈추지 않으니 땅이 흔들리는 기분이었다. 가르젠은 문득 정신을 차리고 왕을 보았다. 어느새 마차 밖으로 나온 에이어리는 귀를 틀어막고 바닥에 주저앉아 있었다.

– 왕이시여, 어서 마차로.

가르젠이 에이어리를 안고 마차로 뛰어들었다. 트라이버도 평소 보이지 않는 날렵한 동작으로 마부석에 앉았다. 마지막으로 들어온 탈와르가 마차 문을 닫았다. 마차는 다리를 건너지 못하고 세 줄기 시내를 따라 북쪽으로 달리기 시작했다.

카니세리움 두 마리는 망설이지 않고 마차를 쫓았다.

말들은 카니세리움이 조만간 덮치리라는 사실을 깨닫고 있었다. 트라이버는 말 엉덩이에서 나오는 더운 김 속에 공포가 스며든 것을 느꼈다. 엉덩이의 근육은 평소보다 강하고 빠르게 움직였다. 트라이버는 그 역동적인 동작에 빠져 뒷발에 차이는 상상을 하다 정신을 차렸다.

– 달려요, 트라이버.

– 이미 달리고 있는 거요.

트라이버도 급한 나머지 소리를 질렀다. 그는 마차가 달리기 좋은 길을 찾느라 온 징신을 십승했다. 카니세리움 두 마리는 마차 꽁무니를 두고 양쪽으로 갈라졌다. 트라이버는 몸을 바닥에 닿을 만큼 비틀어 그것을 확인했다.

－다음부터는 뒤를 볼 수 있는 거울이라도 달아야겠어.

－트라이버, 왜 위급한 상황에서 쓸데없이 말이 많아지는 거요? 오늘 저 괴물들을 따돌리지 못하면 뒤는 없소, 없다고.

이번에는 탈와르가 소리를 질렀다. 맞은편의 에이어리는 태어나기 전의 모습 그대로 몸을 웅크리고 있었다. 이때 에이어리는 처음으로 대장장이 왕이 된 것을 후회했다. 그리고 사제들이 말했던 대장장이 왕이 받을 위협을 실감했다.

말들은 맹렬하게 달렸다. 트라이버는 자신이 직접 달리는 사람처럼 근육에 힘을 주었다. 그는 지금까지 응축시켜 놓은 모든 것을 폭발시키듯 달렸다. 말들은 주인과 하나가 되어 모두의 목숨을 위해 달렸으나 거리는 점점 좁혀졌다.

－우리에게 장거리 무기가 있어야 해. 왜 그런 생각을 못한 거지?

탈와르의 목소리는 모두가 들으라는 듯이 높았다.

－황제의 길 근처에서 카니세리움을 만날 거라고 예측하는 사람이 어디 있겠소?

－카니세리움이 아니더라도 장거리 무기 정도는 챙겨 두어

야 했소.

그때 작은 팔 하나가 두 사람 사이에 쑥 튀어나왔다. 떨리는 팔에 감긴 것은 오카브가 만든 팔찌였다.

- 있어, 있다고.

두 사제는 뒤쪽 창문을 열고 에이어리가 겨냥할 수 있도록 팔을 잡아 주었다. 팔찌를 푸는 것은 불가능했다. 오카브는 에이어리가 출발할 때 팔찌에 잠금장치를 해 두었다. 두 사제가 설령 그것을 풀 수 있다고 해도 시간이 없었다.

- 우리가 조준할 테니 쏘시기만 하면 됩니다.

에이어리의 얼굴에는 핏기가 하나도 없었다. 빠르고 흔들리는 마차 속에서 고함과 긴장이 가득했다. 게다가 보통 사람이라면 평생 만나지도 못하는 카니세리움이 쫓아오고 있었다. 그것도 이제는 조금만 있으면 숨결과 입 냄새가 느껴질 만한 거리였다.

첫 화살은 그들이 보기에 왼쪽에 있는 암컷에게 발사했다. 흔들리는 마차에서 다른 사람이 대신 조준해 주는 화살이 명중할 수는 없었다. 그런데 카니세리움이 눈에 띄게 주춤하는 모습이 보였다.

- 이유는 모르겠지만 효과가 있소. 계속 쏩시다.

두 사제는 신이 나서 고함을 지르며 양쪽 카니세리움에게 화살을 난사했다.

마차의 속도는 이제 눈에 띄게 느려졌다. 그러나 카니세리움도 장거리 경주에는 익숙하지 않았다. 거리는 더 좁혀지지 않았고 날아간 화살 중 하나가 괴물의 몸에 맞고 튕겼다.

─ 역시 이걸로는 안 되는군.

가르젠이 아쉬움을 담아서 외쳤다.

그런데 화살을 맞은 괴물은 상처가 나지 않았는데도 바닥을 뒹굴며 괴로워했다. 두 사제는 이유를 몰랐지만 다른 하나도 마침내 맞히는 데 성공하자 똑같은 반응을 보였다.

대장장이 신의 힘과 마법사의 힘은 근원적으로 잘 맞지 않아서 대장장이 왕이 만든 화살이 카니세리움을 맞히는 순간 두 힘이 부딪쳐 통제가 느슨해졌다. 그것을 알아챈 것은 멀리서 괴물들을 조종하는 마법사 무리밖에 없었다.

트라이버는 한참을 달려 카니세리움이 보이지 않는 곳까지 와서 마음을 놓았다. 그는 말들을 돌보기도 전에 왕의 안부부터 물었다.

─ 지쳐서 잠드셨소.

가르젠이 속삭였다. 트라이버는 에이어리의 얼굴을 확인하고 한숨을 쉬었다.

공격은 그것으로 끝이 아니었다. 다음 날부터 세 마리로 불어난 카니세리움이 밤낮으로 예고 없이 그들을 습격했다. 사제들은 카니세리움이 대장장이 왕의 무기를 꺼린다는 사실을 결국 깨달았다. 그래도 괴물의 몸에 결정적인 상처를 입힐 수는 없었다.

계속되는 공격을 견디지 못하고 결국 마차 바퀴 하나가 부서졌다. 즉석에서 수리할 수 있는 물건이 아니었다. 아직 목적지까지는 먼 길이 남아 있었다. 세 사제는 상의 끝에 남은 방법이 마차를 버리고 말을 타는 것뿐이라고 합의했다.

- 이럴 줄 알았으면 바퀴를 카니세리움 가죽으로 하는 게 아니었는데. 자기 동족을 죽였다고 생각해서 더 화가 난 거야.

트라이버는 맹렬하게 달린 끝에 부서진 바퀴를 쓰다듬으며 그렇게 중얼거린 다음 바퀴를 버려두고 떠났다.

카니세리움을 소재로 삼은 말들이 있다.

누구에게도 알리지 않는 비밀스러운 장소를

카니세리움의 무덤이라고 부르는데

카니세리움이 아무도 모르는 곳에 가서

홀로 죽는 습성 때문이다.

가끔 뛰어난 웅변가가 모두를 압도하는 연설을 하면

사람들은 카니세리움의 포효를 들었다고 말한다.

그리고 남 앞에서 굽신거리면서

집에서만 폭군이 되는 못난 가장을

집에서만 카니세리움이 된다고 비꼬는데

이 표현은 주로 제국에서만 쓰인다.

XIII

젤레즈니 여왕 데네브가 한 곳에서
새로운 별이 나타나기를 기다린다

젤레즈니 왕국은 자유 동맹과 애커 왕국 사이에 끼어 있었다. 양쪽 모두 옛 전통이 무너지고 돈이 모든 것을 지배하는 나라였다. 그러나 젤레즈니는 여전히 전통적인 가치에 충실했다. 종교를 빼고는 모든 면에서 그랬다.

젊은 여왕 데네브 젤레즈니는 평화 조약을 위한 긴 여행에 대비해 화려함 대신 튼튼함을 갖춘 마차를 선택했다. 수행원은 쓸데없이 많이 거느렸다. 호위하는 병사만 해도 오십 명 가까이 되었다.

여왕이 외교 문서의 해석을 듣자마자 서둘러 여행을 준비할 때 신하들이 간언했다.

－황제는 평화 조약에 앞서 어떤 무력도 사용하지 않을 겁니다. 그러니 너무 많은 병사는 황제의 심기를 불편하게 할 수 있습니다.

－황제가 이 땅에 쳐들어와 나를 죽이려고 한 것은 옛날 일

이 아니오.

ㅡ그러나 이미 그 문제에 대해서는 양국이 화해하지 않았
습니까?

ㅡ그건 제국군이 몰살당했기 때문이오. 황제의 본심과는 무
관한 일이었지.

그 말을 하면서 데네브는 피가 날 정도로 아랫입술을 꽉 깨
물었다.

그녀는 여유 시간을 지나치게 넉넉히 두고 출발했다. 젤레
즈니에서 제국으로 연결되는 황제의 길은 두 갈래였는데 하
나는 제국 수도로 이어졌다. 여왕은 당연히 반대쪽 길을 선택
했다. 큰 시장이 열리는 바니타를 지나 올가 다리에 이르는 것
까지는 정상적인 여정이었다.

거기서 여왕은 더 나아가기를 거부하고 멈췄다.

ㅡ나는 어려서부터 천문학에 관심이 많았지. 듣자 하니 이
시기에 그쪽 땅에서만 보이는 별이 있는 모양이오. 그 별을 꼭
보고 가야겠소.

그녀의 수행원들은 별에 대한 지식이 없어 반박할 길이 없
었다. 어차피 지식을 동원해도 여왕의 고집이 꺾일 것 같지 않
았다.

여왕의 일행은 전쟁을 치르는 군대처럼 급하게 달린 것이

허무할 만큼 올가 다리 앞에서 가만히 머물렀다. 그 다리는 세 줄기 시내를 가로지르는 다리 중 가장 북쪽에 있었고 이름은 슬픈 전설을 간직하고 있었다. 올가는 죽은 세 요정 중 첫째의 이름이었다. 데네브는 마치 목적지에 도착한 사람처럼, 아니면 요정에게 현혹당한 사람처럼 그 앞에 천막을 치게 했다.

정작 밤이 되면 데네브는 별을 보지 않고 푹 자서 수행원들을 어리둥절하게 만들었다. 다음 날 그녀가 일어나자 수행원 중 제비뽑기로 뽑힌 사람이 가서 물었다.

- 이곳에 별을 관찰하러 오셨는데 어째서 일찍 주무시고 밤하늘을 안 보십니까?

그러면 데네브는 정말 기대에 찬 사람처럼 대답했다.

- 아직 그 별이 뜨는 날이 아니니까. 하지만 며칠 기다리면 여러분도 별을 볼 수 있을 거요.

수행원들은 날짜를 계산해 보고 천천히 가도 여유가 며칠 남아 있는 것을 알았다. 그들은 여왕도 이미 같은 계산을 끝마쳤다고 추측했다. 그때까지는 어떤 조언도 통하지 않을 거라고 생각했다.

그 상황에서 여왕의 마음을 알아차린 것은 하녀인 세르피나뿐이었다. 데네브와 비슷한 또래인 세르피나는 아버지가 귀족이고 어머니는 하녀 출신이었는데 어려서부터 여왕을 곁에서 모시기 위해 키워졌다. 데네브와 한시도 떨어지지 않고 그 곁을 지키다 보니 때로는 여왕 본인보다 그녀에 대해 잘 알 때도 있었다.

— 저는 왜 여기에 계신지 알고 있어요, 여왕님.

— 정말이야, 세르피나?

데네브의 말에 섞인 웃음기에는 믿지 못하겠다는 태도가 묻어 있었다.

— 그럼요, 여왕님은 그분을 보러 오신 거잖아요.

— 세르피나.

— 인정하세요, 여왕님. 저를 속이실 수는 없을 거예요.

데네브는 여행을 떠난 이후 처음으로 소리를 내어 웃었다. 세르피나는 여왕의 기분에 맞춰 주려고 따라 웃었다.

— 그건 사실이 아니야.

— 진심으로요?

— 진심이야.

데네브는 그렇게 대답해 놓고 얼른 덧붙였다.

— 하지만 만날 수 있는 희박한 가능성을 완전히 포기하지는 않았어.

— 거봐요, 저는 분명히 그런 거라고 생각했어요.

— 하지만 세르피나, 그분은 오지 않을 거야.

－그런 일은 함부로 확신하면 안 되잖아요. 혹시 기대했다가 실망할까 봐 그러신다면 모르겠지만요.

－그분이 직접 그렇게 말했어.

－언제요?

－마지막으로 만났을 때. 그때는 네가 곁에 없었잖아?

－잠시 자리를 비켜 달라고 하셨죠.

－그때 그분은 그렇게 말씀하셨어.

데네브는 기억을 생생하게 되살리기 위해 눈을 감았다. 그리 오래 지나지 않았지만 지난 생처럼 아득하게 느껴지는 장면이 떠올랐다. 이상하게도 제삼자처럼 자신과 그를 천장에서 내려다보는 각도였다.

－저는 지금부터 제 양심도 옳고 그름을 판단하지 못한 일을 하러 갑니다. 아마 이 일은 제가 파멸하는 원인이 될 겁니다. 그러나 도덕적인 판단도 결과에 대한 계산도 버리고 제 의지로 이 일을 하렵니다. 아마 이후에 우리가 다시 만날 수는 없을 겁니다.

데네브는 그의 난처했던 표정을 떠올리고 세르피나가 같은 표정을 짓자 놀랐다. 세르피나는 여왕의 눈에서 흐르는 눈물을 보고 그런 반응을 보인 것이었다. 그녀는 얼른 손수건을 가져다 데네브의 얼굴을 닦았다.

−그 이야기는 처음 들어요. 그래서 뭐라고 대답하셨어요?

−대답할 말이 없었어. 생각하는 동안 그분은 나가 버렸지. 그리고.

−그 일이 일어났군요?

−그래. 그분은 다시 세상에 모습을 드러내지 않았어.

−언젠가 다시 나오실 거예요.

−그래서는 안 돼. 그러면 그분은 죽을 거야. 제국에는 그분의 목숨을 노리는 사람이 많아.

−여왕님이 지켜 주시면 되잖아요? 그보다 여기에서 정말 별을 보시려는 건가요?

−그렇지. 별은 곧 나타날 거야.

그러나 별은 곧 나타나지 않았고 수행원들은 불만을 터뜨렸다. 여왕의 정신을 의심하는 자도 나왔다. 여왕은 그런 불평을 알면서도 모른 척했다.

여왕과 수행원들이 임시로 설치해 놓은 천막들은 멀리서도 눈에 띄었다. 마치 하나의 작은 마을 같았다. 주변 마을에 사는 사람들은 근처에 갔다가 괜한 봉변을 당할까 두려워했다.

여왕은 자주 올가 다리 주변을 거닐며 산책을 즐겼다. 그녀는 먼 곳을 응시하며 어떤 일이 일어나기를 기다리는 것 같았다. 분명히 별을 찾고 있는 것은 아니었다. 별이라면 낮이 아니라 밤에 하늘을 쳐다보아야 볼 수 있었다.

세르피나를 제외하고 여왕을 믿는 사람이 거의 사라진 다음에야 별이 나왔다. 별은 덩치가 큰 남자의 등에 힘없이 업혀 있었다. 남자의 옆에 콧수염이 유난히 돋보이는 사람이 동행했다. 그 뒤를 따르는 남자는 눈이 깊고 말수가 적어 보였다.

잘못 생각하면 세 남자가 아이 하나를 유괴한 것처럼 보였다. 그러나 자세히 보면 남자들이 아이를 세심하게 보살피는 것을 알 수 있었다.

마침 데네브는 올가 다리 한가운데에 서서 흐르는 물을 보고 있었다. 물에 반사되는 햇살은 그녀가 가진 어떤 보석보다 눈부셨다. 그녀가 영롱한 기운에 빠져 있다가 머리를 들었을 때 그들이 보였다. 처음에는 헛것처럼 보여서 데네브는 곁에 있는 세르피나에게 물어야 했다.

– 저들이 보이지?

– 네, 부랑자들 같은데요?

– 저 부랑자 중 한 명은 내가 아는 사람이야.

데네브는 여왕으로서 마땅히 지켜야 할 체통도 무시하고 달렸다. 세르피나가 놀라서 뒤를 쫓았다. 그리고 다리 저편에서 나른하게 여왕을 보던 병사들도 눈이 번쩍 뜨였다. 그들도 갑옷을 절렁거리며 다리를 향해 뛰었다.

아이를 업고 있는 사람도 여왕이 달려오는 것을 보고 눈을 크게 떴다. 동행 두 사람은 그녀가 누구인지 몰랐다.

－데네브.

그가 중얼거리는 소리를 듣고 나서야 두 사람도 조금 놀라는 눈치였다.

－가르젠.

데네브는 소리를 지르면서 달려왔다. 가르젠은 어쩔 줄 몰라서 하마터면 에이어리를 바닥에 내팽개칠 뻔했다.

그러나 두 사람은 막상 마주 보고 서서는 마땅한 말도 행동도 생각하지 못했다. 생각해 보면 그렇게 친한 사이가 아니기도 했다. 그들을 그나마 친밀하게 연결해 줄 사람은 대장장이신의 신전에 있었다.

－공주님, 아니, 여왕님.

가르젠은 간신히 그렇게 말을 내뱉었다. 탈와르와 트라이버는 예를 표시하기 위해 몸을 숙이려고 했다. 데네브는 얼른 그들을 말렸다.

－그런 건 나중에 해도 돼요. 그 아이가 새로운 대장장이 왕인가요?

－그렇습니다.

－그분은 오지 않았죠?

– 오지 않겠다고 하셨습니다.

데네브는 한숨을 쉬고 가르젠의 등에 업힌 아이를 살폈다.

– 어째서 대장장이 왕을 이렇게 힘들게 모시죠?

– 처음에는 황제도 부러워할 마차로 모셨습니다. 괴물이 나타나서 바퀴를 부수기 전까지는요. 그다음에는 말도 전부 잃었습니다.

– 괴물?

괴물은 가르젠의 설명이 싫어 직접 모습을 드러내기로 작정한 것 같았다. 멀리서 이제는 익숙한 카니세리움의 울음소리가 들렸다. 이어서 땅이 흔들렸다. 세 마리 괴물이 달려오는 모습이 눈에 들어왔다.

– 저게 대체 뭐죠?

– 카니세리움입니다, 여왕님.

여왕의 눈은 셋 중 가운데에서 달리는 수컷 괴물의 이마에 박힌 뿔에 고정되었다. 그리고 그에 못지않은 위세로 튀어나온 송곳니 쪽으로 옮겨 갔다. 그녀는 오랫동안 그것을 지켜보다가 후회하며 정신을 차렸다. 그러나 실제로 흐른 시간은 아주 짧았다.

– 어서 이쪽으로 피해요.

여왕을 지키는 병사들이 마침 다리를 건너왔다. 가르젠은 지쳐서 잠든 에이어리를 세르피나에게 건넸다. 세르피나는 엉겁결에 아이를 받아 안았다.

– 대장장이 왕이니 잘 모셔야 합니다.

세르피나는 얼른 고개를 숙여 대장장이 왕의 얼굴을 보았다. 지친 기색이 가득한 더러운 얼굴에도 기품이 보이는 듯했다. 혹은 아주 평범한 어린아이로 볼 수도 있었다.

– 가르젠, 내 군대가 저 괴물들을 몰아낼 거예요. 어서 다리를 건너요.

– 아니요, 여왕님. 죄송하지만 여왕님의 군대로는 어림도 없습니다. 우리가 돕지 않으면 전부 죽을 겁니다. 대신 군대가 돕지 않으면 우리도 죽겠지요.

데네브는 병사들에게 가르젠 일행의 정체를 설명했다. 그리고 괴물과 싸울 때 그들의 지시를 전적으로 따르도록 명령했다.

가르젠과 탈와르는 무기를 뽑아 들고 병사들과 함께 다리 입구를 지켰다. 그사이 데네브와 세르피나와 그 품에 안긴 에이어리는 서둘러 다리를 건넜다. 트라이버는 도망치는 것도 싸우는 것도 아닌 애매한 위치에 있었다. 그는 다리의 일부가 되려는 듯 난간을 잡고 서 있었다.

카니세리움 세 마리는 멈출 기세 없이 그대로 돌진했다. 가르젠과 탈와르는 지난 며칠간 괴물과 싸우느라 그 움직임이 익숙했다. 데네브의 병사들은 그렇지 않았다.

미처 피하지 못한 두세 명의 병사가 괴물에 받쳐 멀리 날아갔다. 그들은 비명을 지를 틈도 없이 전장에서 벗어났다.

가르젠은 목청을 높여 창을 든 병사들이 괴물을 널찍이 포위하게 했다. 그와 탈와르는 무기를 들고 카니세리움을 직접 공격할 생각이었다.

인간의 협동 앞에서는 어떤 괴물도 무력하게 패할 수 있었다. 카니세리움처럼 지능이 높은 생물이 그런 것을 모를 리가 없었다. 병사들이 긴 창을 앞세워서 벌이는 압박은 카니세리움에게도 위협이 되었다.

가르젠과 탈와르는 괴물을 앞에 놓고 양쪽으로 갈라졌다. 카니세리움은 창을 들이밀었다 빼며 고함치는 병사들 때문에 집중하지 못했다. 가르젠이 든 단검과 탈와르의 휘어진 칼이 동시에 괴물의 양쪽 다리를 베었다. 상처는 깊지 않았지만 두 사제는 효과가 충분할 것을 의심하지 않았다.

대장장이 신의 힘이 담긴 무기가 몸에 닿는 순간 마법의 지배가 흐트러졌다. 괴물은 고통스러운 것처럼 바닥을 마구 뒹굴었다. 마치 커다란 물고기가 육지로 나왔을 때 몸부림치는 것과 같았다. 흙먼지와 돌멩이가 격렬하게 튀어 사람들을 두

렵게 만들었다.

인간들은 모두 인원에 비해서 좁은 다리 입구까지 물러섰다. 카니세리움이 헤엄치는 모습을 본 사람은 없으니 물을 싫어한다고 생각하면 그곳이 유일한 통로이기도 했다.

– 어째서 괴물이 두 마리밖에 보이지 않는 거지?

탈와르의 말을 들은 가르젠의 눈에 고통에 몸부림치는 괴물과 그 옆에 가만히 서서 그 모습을 구경하는 괴물이 보였다. 지금까지 그들을 괴롭힌 괴물은 전부 세 마리였다. 조금 전에 달려온 괴물의 수도 분명히 셋이었다. 그렇다면 한 마리, 그것도 뿔 달린 괴물이 모자랐다.

가르젠과 탈와르는 전장에서 이탈해 시냇가에 서 있는 한 마리를 발견했다. 물은 깊지 않았지만 카니세리움은 역시 물을 싫어하는지 털을 적실 생각이 없는 듯했다. 그대로 육중한 몸을 공중으로 띄워 먼 거리를 날 듯이 건너 반대편에 착지해 버렸다. 가르젠과 탈와르가 사태의 심각함을 깨달았을 때 괴물은 이미 뿔을 앞세우며 달리고 있었다.

데네브와 세르피나는 싸움을 지켜보느라 수행원들과 함께 밖으로 나와 있었다. 에이어리는 평소 여왕이 쉴 때 앉는 의자에 누워 자는 중이었다. 괴물은 에이어리를 노리는 것처럼 그를 향해 그대로 내달렸다.

비명 소리와 함께 사람들이 사방으로 흩어졌다.

데네브는 대장장이 왕을 두고 도망갈 수 없었다. 의자에서 에이어리를 안아 올리려고 했다. 정신은 급하게 움직였지만 손은 그렇지 않았다. 간신히 에이어리를 잡았다 싶었을 때 덩치 큰 물체에 부딪쳐 중심을 잃었다.

괴물은 무지막지한 속도로 달려와 앞발을 휘둘렀다. 데네브와 의자와 에이어리는 한꺼번에 날아갔다.

가르젠과 탈와르는 괴로워하는 괴물과 구경하는 괴물을 병사들에게 맡기고 다리 위를 달렸다. 에이어리를 찾지 못한 수컷도 두 사제를 보더니 뿔을 돌려 달리기 시작했다. 그대로라면 다리 한가운데에서 만나게 되어 있었다.

가르젠은 옆에서 달리고 있는 탈와르를 힐끗 보았다. 좁은 다리에서는 피할 곳도 마땅치 않았다. 그가 생각하기에 방법은 하나뿐이었다.

─이거나 먹고 뒈져라.

가르젠이 그렇게 외치며 성스러운 단검을 던지자 괴물이 넙적 받아먹었다. 대장장이 신의 무기를 삼킨 카니세리움은 두 걸음도 더 달리지 못하고 그대로 폭발했다. 사방으로 피와 살점이 튀었다. 바로 앞에서 그 기운을 맞은 두 사제는 뒤로 날아가 돌바닥을 굴렀다.

가만히 구경하던 괴물은 제자리에서 펄쩍 뛰어 포위망을 벗어나더니 뒤도 돌아보지 않고 그대로 도망갔다. 바닥을 뒹굴던 괴물은 발광을 멈추고 죽은 것처럼 가만히 있었다.

─그 괴물은 내버려 두고 어서 여왕님을 찾아라.

다리 건너편에서 목청 좋은 수행원 하나가 악을 썼다. 병사들은 긴장을 풀지 않고 창을 앞으로 뻗은 채 천천히 뒷걸음질 쳤다. 다행히 누운 괴물도 슬그머니 몸을 일으키더니 도망쳐 버렸다.

병사들은 다리 위에 쓰러져 있는 가르젠과 탈와르를 가장 먼저 구했다. 둘은 싸우고 뒹구는 일에 익숙한 사람들이라 치명적인 상처는 없었다. 그러나 피부에 생채기가 가득해서 보기에는 끔찍했다.

데네브는 시냇가를 따라 자라는 작은 나무들 틈에서 발견되었다. 나무들이 충격을 흡수해 크게 다치지는 않았지만 정신을 잃은 상태였다. 의사가 병에 담긴 칭가 오줌 냄새를 맡게 하자 의식이 돌아왔다.

─대장장이 왕은 무사한가요?

─아직 찾지 못했습니다.

데네브가 억지로 몸을 일으켰다. 세르피나가 얼른 옆에서 부축했다.

－찾아야 해요.

가르젠과 탈와르는 피에 젖어 미친 사람처럼 주변을 살피다 마침내 에이어리를 찾아냈다. 에이어리는 풀숲에 떨어져 있었다. 그의 가슴팍에서 배어 나오는 액체는 검붉었다.

－카니세리움의 발톱에 당한 건가? 거기에는 아마 독성이.

탈와르는 가르젠의 눈치를 보느라 말을 잇지 못했다.

－안 돼. 이럴 수는 없어.

가르젠은 과거 목숨을 잃었던 에퍼의 모습과 에이어리를 겹쳐서 보았다. 눈물이 왈칵 솟아나서 에이어리에게 가까이 다가갈 수 없었다.

－뭘 하는 건가, 가르젠. 왕은 아직 살아 계셔.

에이어리의 곁으로 다가가 상태를 확인한 탈와르가 고함을 질렀다. 데네브와 의사가 그들에게 달려왔다. 의사는 주저하지 않고 에이어리에게 붙었다. 가르젠은 눈물을 감추지 못하고 가장 뒤쪽으로 물러나 있었다.

－여기 부상자가 한 명 더 있다. 아주 심각하다.

주변을 수색하던 병사가 외쳤다. 그제야 두 사제는 다리 위에 서 있던 다른 사제를 떠올렸다.

－트라이버.

가르젠과 탈와르는 병사가 외친 곳으로 달려가서 동시에

신음을 내뱉었다.

　-오, 대장장이 신이시여.

트라이버는 완전히 정신을 잃고 있었다. 그의 오른팔은 몸에 간신히 붙어 있어서 조금만 움직여도 떨어질 것 같았다. 상처에서 나온 피의 웅덩이는 그의 생명이 얼마 남지 않았음을 알려 주었다.

두 사제는 상처가 어디에서 비롯되었는지 알아차렸다. 다리 위에 서 있던 트라이버는 위급한 순간 대장장이 왕을 향해 달렸다. 그리고 대장장이 왕과 여왕을 밀치고 발톱을 대신 맞은 것이다.

의사는 한 명밖에 없었고 지금은 에이어리에게 매달려 있었다. 가르젠과 탈와르는 일단 그를 지혈시키기 위해 달려들었다. 그들이 가진 물건 다루는 기술이 사람에게도 통하기를 빌었다.

혼란은 저녁 무렵에야 진정되었다.

가르젠과 탈와르는 시급한 일을 모두 마치고 지쳐 천막 안 간이침대에 누웠다. 대장장이 신전을 출발한 이후 한시도 풀수 없었던 긴장이 느슨해졌다. 그러자 지금까지 쌓여 있었던 정신과 육체의 피로가 그들을 덮쳤다. 그들은 잠들면 아침에 일어나지 못할까 두려워 눈을 감지 못했다.

－내 생애 가장 고단한 날이었어.

가르젠의 혼잣말에 탈와르도 동의했다.

－그리고 기적적으로 아무도 잃지 않았소.

에이어리의 상처는 생각보다 깊지 않았다. 어리고 연약한 육체는 앞으로도 한동안 고생해야 하겠지만 당장 목숨은 건 졌다.

트라이버의 오른팔은 살릴 수가 없어서 절단해야 했다. 피 의 웅덩이를 쏟아낸 그의 생명은 때마침 합류한 의사의 도움 으로 희미하게 펄떡이고 있었다. 트라이버의 강인함이 아니 었다면 죽는 것이 당연했을 부상이었다.

－내가 남아서 그를 보살피겠소. 왕을 모시고 가시오. 젤레 즈니 여왕과 함께 가니 더는 위험하지 않을 거요. 괴물들이나 조종자도 타격을 입었고 말이오.

탈와르는 그렇게 말하고 나서 코를 골며 잠들었다. 가르젠 은 그가 먼저 잠들자 안심하고 눈을 감았다.

데네브는 겉보기에만 거의 다친 곳이 없어 보였다. 아까부 터 옆구리 근육이 땅겨 걸을 때마다 통증이 느껴졌지만 내색 하지 않았다. 어쩌면 갈비뼈가 부러진 것도 같았다. 그러나 오 늘은 아프다고 주장하기에 좋은 날이 아니었다.

그녀는 멀리 대장장이 신의 신전에 있을 오카브를 떠올렸다. 그의 얼굴은 다소 멍청하게 웃는 모습으로 기억 속에 남아 있었다.

　－당신의 후계자를 지키는 것으로 빚을 조금 갚았어요. 그리고 앞으로도 더 갚을 거예요.

　데네브는 밤하늘로 눈을 돌려 필시 지금 그가 보고 있을 것이 분명한 별을 보았다.

젤레즈니 여왕 데네브에게는 남동생이 있지만

신하들을 비롯해 누구도

그녀가 왕위를 잇는 것에 반대하지 않았다.

데네브의 아버지는 자기 아들을

한마디 말로 평가한 적이 있었는데

어쩌다가 그 말이 소문으로 널리 퍼지게 되었다.

– 그 아이는 개미를 지휘하다가도 발가락을 물릴 거야.

이 말이 젤레즈니 왕국에서 유행해

무엇을 서툴게 하면 그렇게 하다가

개미에게 발가락을 물리겠다는 말이 나왔다.

XIV

황제와 대장장이 왕이 마침내 만나고
마법사 왕이 모두의 눈을 부시게 한다

밤이 늦어 황제의 손님이자 마법사 왕의 동생이라는 아리셀리스가 잠자리에 들려고 할 때 수행원이 뵙기를 청했다. 그가 방 안으로 들어섰을 때 주인은 황제의 손님이 눕는 호화로운 침대에 기대어 쉬고 있었다.

–왕이시여, 가스파르 님이 새로운 촛불을 전해 왔습니다. 긴급하다고 해서 한밤중에 무례를 저지르게 되었습니다.

아리셀리스는 혀를 찼다.

–내가 누구라고?

–마, 마법사 왕국을 다스리는.

–이런 멍청한. 나는 왕의 동생 아리셀리스다. 나를 왕이라고 부르다니 그대는 반역자인가? 아니면 내 외모를 보고 실수한 것인가?

수행원은 자기 실수를 깨닫고 벌벌 떨었다.

–이번 한 번만 용서해 주마. 촛불을 주고 나가거라.

동생 아리셀리스로 위장한 마법사 왕 라토는 촛불이라고 불리는 두루마리를 펼쳤다. 마법사들만 사용하는 문서로 한 번 보고 나면 흔적도 없이 태울 수 있었다. 문서가 공중에서 타오를 때의 모양이 촛불의 불꽃과 비슷해서 그런 이름이 붙었다. 마법을 배울 때 가장 먼저 어둠 속에서 빛을 밝히는 방법부터 배우는 마법사들에게 진짜 촛불은 아무 의미가 없었다.

가스파르의 보고는 며칠에 한 번씩 날아왔다. 잘못 읽으면 새로운 대장장이 왕과 그를 모시는 사제들의 여정에 대한 보고서처럼 보였다. 가스파르는 언제나 실패에 대해 사죄하는 내용을 보냈다. 마치 황제가 그 내용을 검열할 거라고 생각하는 사람 같았다.

가스파르가 번번이 실패하는 데는 두 가지 이유가 있었다. 하나는 그를 보내기 전에 동생으로 위장한 왕이 넌지시 건넨 말이었다.

— 이 임무를 굳이 성공할 필요는 없네.

가스파르는 왕의 말에 담긴 의미를 묻지 않고도 알아차렸다. 마법사 왕국이 제국을 돕는 시늉을 하더라도 정말 대장장이 왕을 죽일 필요는 없었다. 오히려 반대로 살려 두는 쪽이 이득이었다. 마법사 왕의 복안에는 대장장이 왕이 필요했다.

두 번째 이유를 들자면 카니세리움은 대적하기 힘든 괴물이지만 어디까지나 괴물 자신일 때만 그랬다. 인간이 조종하는 괴물은 본성이 억제되는 법이다. 그러면 괴물을 괴물답게 만드는 요소가 약해졌다.

대장장이 왕을 습격하는 카니세리움은 반쪽짜리에 불과했다. 굳이 말하자면 실로 조종되는 인형처럼 맥없이 행동했다. 보통 사람이나 맹수보다야 강하겠지만 본래의 힘에는 비교할 것이 못 되었다.

보고 내용은 마지막 습격에서 젤레즈니 여왕과 조우한 것으로 이어졌다. 대장장이 신의 사제들이 괴물의 약점을 알고 있는 것으로 추측하는 내용도 있었다. 가스파르는 실패의 원인을 교묘하게 그쪽으로 돌렸다. 라토는 문서를 공중에 띄워 불타 사그라지게 하고 걱정 없이 누워 금방 잠에 빠졌다.

다음 날 아침에는 일어나자마자 황제를 알현해 소식을 전했다. 황제는 정원에서 아침부터 기름진 식사를 즐기면서 그를 맞이했다. 아침을 거의 먹지 않는 라토는 그 모습만 봐도 속이 뒤집혔다.

─ 젤레즈니 여왕이라고? 의도적이라는 것을 의심할 필요도 없겠군.

황제의 입술에 묻은 기름기가 역하게 보였다. 라토는 살짝 손가락만 뻗어도 그의 입술에 불을 붙일 수 있음을 알았다.

　- 카니세리움을 조종하는 것은 사람에게 무리가 많이 가는 일입니다. 한 명은 머리가 터져 죽었고 다른 한 명은 반쯤 폐인이 되었습니다.

　- 이건 꽤 맛있는 요리인데 같이 먹겠나?

　- 저로서는 처음 보는 요리입니다.

　- 소 혀 요리일세. 내가 즐기는 별미지.

자기 혀도 깨문 적이 없는 라토는 선뜻 먹겠다고 말하지 못했다. 황제는 그의 안색을 살피더니 잔인하게 눈빛을 바꾸었다.

　- 카니세리움을 잡은 노력이 헛되게 되었어. 그나저나 이제 날짜가 얼마 남지 않았군. 그대도 여기서 머물다가 나와 함께 떠나면 어떨까?

　- 어디로 떠난다는 말씀입니까?

　- 평화 협정 말이네.

그 순간 라토는 황제가 자신의 정체를 깨달았음을 확신했다. 그것도 아주 오래전부터 알고 있었을 것이다. 라토는 표정을 숨기고 태연하게 말을 받았다.

　- 형제 중 한 명은 왕국을 지켜야 합니다. 마법사들은 왕이 자리를 비우면 쉽게 딴마음을 먹습니다.

-그건 이쪽도 마찬가지야. 내가 다스리는 땅에 나를 죽이고 싶어서 안달인 자들이 이 정원을 채우고도 남지.

라토는 이국적인 꽃과 나무가 심겨 황홀하게 빛나는 정원을 둘러보았다. 각양각색의 꽃들이 한데 뭉쳐 있는 모습은 조화롭다기보다 눈을 어지럽게 했다. 그러나 정원은 넓지 않았고 황제를 미워하는 사람들을 담기에 너무 작았다. 황제의 정원을 모두 동원해도 모자랄 것이다.

황제는 떠나겠다는 말을 전하려는 라토의 목적을 뻔히 알면서도 일부러 자리에 앉게 하고 시간을 끌었다. 어둠이 꽃과 나무의 아름다움에 재를 뿌리려고 할 때까지 이야기와 차와 간식을 나누며 기다리게 했다. 그리고 못내 아쉽다는 듯이 말했다.

-아리셀리스, 우리가 다시 만날 일이 곧 올 것 같은 예감이 드는군.

-저도 그렇습니다.

라토는 다음 날 아침 성문이 열리자마자 도망치듯 빠져나왔다. 그는 황제가 추격하는 병사라도 보낼 것처럼 마차를 달리게 했다. 하룻길을 벗어난 다음에야 겨우 안심할 수 있었다. 어쨌든 짐승의 아가리에 들어갔다가 살아서 나온 셈이었다.

지친 말들이 터덜터덜 마차를 끌었다. 마법사 왕에게는 수행원도 몇 명 없어서 따르는 마차는 두 대뿐이었다. 그들은 일부러 포장된 길을 피해 흙먼지 날리는 길을 선택했다.

마법사 왕은 잠깐 잠이 들었다가 마부석 쪽으로 난 창문이 열리는 소리에 일어났다.

－왕이시여, 앞에 한 나그네가 길을 막고 해서는 안 될 말을 하고 있습니다.

라토는 창밖으로 길을 막고 선 사람을 보았다. 그는 낡은 외투로 얼굴을 완전히 가리고 입만 내어놓고 소리를 질렀다. 손에 든 지팡이는 나무를 꺾어서 만든 조잡한 물건이었다.

－황제를 속였다고 해도 나를 속일 수는 없다. 제국을 망하게 하려는 자를 내가 그대로 보낼 것 같은가? 제국의 충신으로서 반역자가 돌아가는 것을 가만히 두고 볼 수 없다. 나 혼자서라도 마법사 왕을 막을 것이다.

주변에 인적은 없었지만 나그네의 외침이 말들을 동요하게 했다.

－제가 나가서 처리할까요?

－어떻게 처리한다는 말인가? 제국 땅에서 저자를 해칠 셈인가?

마부가 대답하지 못하자 라토는 문을 활짝 열고 밖으로 나갔다. 나그네는 마법사 왕을 직접 보고도 동요하지 않았다. 오히려 기뻐하는 모습이었다. 그는 두 손을 높이 들어 왕을 경배하는 시늉을 했다.

– 그대는 대체 누구인데 나를 막는 건가?

– 아무리 왕이라고 해도 자기의 신분을 먼저 밝히는 것이 예의요.

– 나는 왕이 아니야. 왕의 쌍둥이 동생 아리셀리스지.

– 흠, 말도 안 되는 소리. 왕의 동생은 스타인 땅에서 죽었소. 까마귀 발톱과 싸우다가 몸에 발톱이 박혀 독이 스며들었다지.

– 뭐라고?

– 내가 죽어 나자빠진 그 형편없는 몰골을 직접 확인하고 하는 말이오. 그대는 왕이랍시고 동생을 사지로 몰아넣어 죽였소.

나그네의 말은 재판관의 판결처럼 들렸다. 라토는 동생이 죽었다는 말에 추위를 느끼는 사람처럼 몸을 떨었다.

– 차라리 당당하게 사형시키지 그러셨소? 그렇다면 최소한 왕이 배짱은 가지고 있다고 하겠지. 동생이 자신의 자리를 빼앗을 거라는 예언이 두려워 그렇게 처리한 거요?

라토는 낯선 사람이 함부로 떠드는 말을 듣고 정신이 아득해졌다. 그 예언을 아는 것은 마법사 왕국 내에서도 소수였다.

마법사나 예언자가 아닌 자 중에는 알 수 있는 자가 없었다.

– 그, 그 예언을 아는 그대는 누구지?

– 예언을 알 수 있는 자는 두 종류뿐이지. 예언을 한 자와 예언에 관계된 자.

나그네가 마침내 두건을 벗었을 때 라토는 자신과 같은 얼굴을 보고 놀랐다. 그는 진짜 아리셀리스였다. 라토는 조금 전까지 화가 났다는 사실조차 잊었다.

– 아리셀리스.

– 왕이시여.

아리셀리스는 형의 손가락을 잡으며 바닥에 한쪽 무릎을 꿇었다.

– 장난이 너무 심하구나. 너를 여기에서 만나게 될 줄은 몰랐다. 자, 어서 마차 안으로 들어와라. 같이 타고 가면서 이야기라도 좀 하자.

– 아니야, 형. 그 마차를 탈 생각은 없어.

– 무슨 말이야? 황제는 내가 네게 시킨 행동을 전혀 몰라. 그러니 다시 우리 나라로 돌아가면 된다.

– 그곳에 돌아가면 예언의 내용을 아는 자들에게 감시받으며 살게 되겠지.

– 내가 왕이고 예언의 대상이야. 왕이 그렇게 명령하는데

누가 따르지 않을 수 있겠니?

　－왕이라고 해서 모든 일을 다 마음대로 할 수 있는 것은 아니야. 형 덕분에 그곳을 빠져나오면서 나는 작은 깨달음을 얻었어. 그동안 자유롭게 날고 있다고 생각했지만 조금 큰 새장에 갇혀 있었던 거야. 그런데 그 예언이 날 자유롭게 풀어 주었어.

　형제는 동시에 이유 없이 카르멘을 떠올렸다.

　－이제 자유롭게 되었으니 다시 새장에 들어갈 일은 없어. 여기 이렇게 나타난 것은 형에게 작별 인사를 하기 위해서야. 그래야 그 저주받을 예언이 실현되지 않을 테니까. 다시는 형 근처로 오지 않을 생각이니 마지막 인사를 받아 줘.

　－아리셀리스, 분명히 다른 방법이 있을 거다. 예언은 인간을 조종할 수 없다. 예언이 인간을 조종하게 해서는 안 돼.

　－형이 그렇게 생각한다고 해도 형의 신하들은 그렇지 않을 거야. 어린 시절 친구라고 생각했던 카르멘을 봐도 알 수 있잖아? 추억을 생각해서 카르멘에게도 안부를 전해 줘. 더 이상 나를 미워하지 않아도 된다고 말이야.

　아리셀리스는 할 말이 끝나자 다시 두건을 푹 뒤집어썼다.

　－아리셀리스, 그런데 어떻게 목소리를 그렇게 완벽하게 바꾼 거지? 나조차 알아차리지 못하게 말이야.

그 질문은 상황에 전혀 어울리지 않는 것이었다. 그러나 아리셀리스는 그 질문을 들은 것이 기뻤는지 크게 웃었다.

ㅡ 별로 어렵지 않아. 마법의 힘이라는 것은 어디에도 사용될 수 있다고. 심지어 여기에도 말이야.

아리셀리스는 손가락으로 자신의 목구멍을 가리켰다.

ㅡ 너의 재능이 이대로 사라진다면 우리 나라에 큰 손실이 될 거다.

라토의 말 속에는 동생의 재능을 질투하는 마음이 담겨 있었다. 아리셀리스 역시 언제나 그를 질투했기 때문에 알아차릴 수 있었다. 형에게 설득당해 돌아가고 싶은 마음은 완전히 사라질 수 없었다.

ㅡ 나는 단 한 번도 마법사 왕국에 보탬이 된 적이 없어. 어렸을 적에는 어리다는 이유로, 다 크고 나서는 형을 빛내야 한다는 이유로. 그리고 내가 나서면 예언이 실현된다는 이유로. 내가 없어도 마법사 왕국은 언제나 멀쩡했고 앞으로도 멀쩡할 거야.

ㅡ 그렇지 않아.

ㅡ 형은 혹시 알고 있었어? 마법사 왕국에서 내가 먹고 마신 모든 것들에 날 억제하기 위한 약이 들어 있었어. 그곳을 나온 뒤부터 내 몸에서는 힘이 넘쳐나고 날아다닐 것만 같아. 그래

서 이렇게 형도 알아보지 못할 사람이 된 거야.

라토는 얼굴이 하얗게 질렀다. 누가 그런 짓을 저질렀는지 생각해 보았다. 에메랄드 가문, 루비 가문, 혹은 예언자들, 그것도 아니라면 신하들. 가문들 중 누구도 무죄라고 말하기 어려웠다.

 ─훗날에 나를 만나고 싶으면 거울을 보고 그렇게 멍청한 표정을 지어. 그러면 언제나 내 얼굴을 보는 거나 마찬가지일 테니까.

라토는 동생이 발을 움직이지 않고도 자기에게서 멀어지는 것을 지켜보았다. 그는 형이자 왕인 사람에게서 눈을 떼지 않고 뒷걸음질 쳤다. 그런데 웬만한 짐승이 전속력으로 달리는 것보다도 빨랐다.

동생이 사라지고 한참이 지나서야 정신을 차린 왕은 마부를 재촉했다. 그들은 달리고 달리다 쿠오피오에 이르러서야 멈췄다.

그곳은 마법사 왕국과 제국을 연결하는 길목이었고 언제나 안개에 싸여 단 한 번도 햇빛이 비친 적이 없다는 땅이었다. 명목상으로는 제국의 영토였지만 마법사 왕의 다스림을 받는 사람들이 살았다. 라토가 돌아오기를 기다리는 사람들이 대기하는 곳이기도 했다.

안개가 외부의 시선을 가리는 곳에 도착하자마자 라토는 아리셀리스를 연기하는 것을 완전히 그만두었다. 동생을 연기하는 동안 동생의 처지와 마음을 엿볼 수 있었다. 더 일찍 그럴 수 있었다면 아리셀리스는 든든한 신하가 되어 주었을 것이다. 그러나 깨달음이 너무 늦었고 동생은 이미 그를 떠난 후였다.

라토는 마법의 흐름을 자유롭게 쓰는 동생을 질투했고 두려움도 느꼈다. 그는 처음으로 예언이 실현될 것이라는 생각에 마음 한구석을 내주었다. 그리고 죽는 날까지 다시는 그 생각을 치우지 못했다.

마법사 왕의 위엄에 어울리는 새 마차는 혼란스러운 주인을 태우고 전쟁의 제단으로 출발했다. 마차는 말과 마법의 힘을 동시에 받아서 나는 듯이 달렸다. 마차만큼이나 안에 타고 있는 라토의 생각도 정신없이 달렸다. 그는 왕국과 자신의 계획과 동생에 대해 끊임없이 생각을 곱씹었다.

마법사 왕의 여행을 방해하는 것은 없었다. 그런데 라토는 식사도 잠도 대충 때우면서 다른 세상에 가 있는 사람처럼 행동했다. 신하들은 왕에게 무슨 문제가 있는지 물어볼 엄두를 내지 못했다.

짧은 여행 동안 라토의 피부는 거칠어졌고 볼이 홀쭉하게 들어갔다. 멋대로 자란 수염들은 각자 턱을 바치는 기둥인 양 뻣뻣하게 서 있었다. 총명하던 눈빛은 다소 깊고 공허하게 바뀌었고 이후에도 오랫동안 그렇게 보였다.

그는 마침내 전쟁의 제단에 도착했고 먼저 와 있는 황제의 천막을 방문했다. 황제는 그를 소개받고 조금 놀란 표정을 지었다.

─그대가 마법사 왕국의 왕이란 말이지?

─그렇습니다. 마침내 제국을 다스리는 황제를 뵙게 되어 영광입니다.

─그대의 동생과 목소리는 비슷하나 외모는 전혀 딴판이군. 아주 닮은 쌍둥이라고 들었는데 말이야.

라토의 변화는 황제마저 먼저 만났던 것이 아리셀리스라고 납득하게 했다. 라토는 그런 기색을 알아차리고 얼마 전까지 그런 사소한 문제를 걱정하던 자신을 비웃었다.

그는 병석에 누운 아버지 대신 스타인을 대표하는 레푸스 왕자를 만나 인사했다. 이후에는 자유 동맹이라고 불리는 도시 국가의 시장과 놋 왕국의 주인을 만났다. 그들은 모두 처음 보는 사람들이었고 뒤돌자마자 얼굴과 이름을 잊어버렸다.

라토는 무언가에 사로잡힌 사람처럼 보였다. 황제가 라토를 만나고 난 뒤 했던 말이 돌고 돌아 그에게 전해졌다.

- 마법사 왕이라는 자는 귀신에 홀렸군. 동생은 드물게 총명해 보였는데 말이야.

라토는 황제를 만난 후 몸살에 걸려 이틀을 꼬박 침대에서 보냈다. 황제는 직접 오지 않았지만 문병하는 사절을 보냈다. 그는 라토가 꾀병을 부리는 것이 아닌지 꼼꼼히 살피고 돌아갔다.

밤낮으로 잠을 자던 라토는 천막 바깥이 어수선한 것을 느끼고 하인을 불렀다.

- 무슨 일이냐?
- 젤레즈니 여왕과 대장장이 왕이 도착했다고 합니다.
- 그래?

라토는 하인에게 몸을 일으켜 달라고 부탁한 다음 옷을 챙겨 입었다. 그가 천막 문을 열고 나갔을 때 몰려든 구경꾼들이 시야를 막고 있었다. 라토는 사람의 파도를 뚫고 앞으로 나갔다. 그의 옷으로 정체를 짐작한 사람들이 좌우로 갈라져 길을 내어 주었다.

라토는 오랜 여행 기간에도 손상되지 않은 젤레즈니 여왕의 품격을 확인했다. 그리고 손잡이가 달린 작은 침대에 누워 있는 어린 꼬마를 보았다. 꼬마는 그보다 훨씬 아파 보였다. 꼬마의 옆을 지키고 있는 거인 같은 대장장이 신의 사제는 분명 가르젠이었다.

황제는 젤레즈니 여왕과 자신이 반쯤 죽인 대장장이 왕을 맞이하러 나와 있었다. 그는 어린아이의 파리한 얼굴을 보고 잠깐 죄책감을 느꼈다. 그러나 나라를 다스리는 것은 개인의 양심과 무관함을 잊지 않았다.

─대장장이 왕이 무슨 일을 겪었기에?

─오는 길에 작은 상처를 얻었는데 상처가 덧나서 열이 내리지 않습니다.

가르젠이 황제를 똑바로 노려보며 그렇게 대답했다. 황제는 그가 소문의 가르젠임을 한눈에 알아보고 감탄했다. 대장장이 신의 사제보다는 황제의 장군이 더 어울려 보였다.

그사이 라토는 미친 사람처럼 허우적거리며 주변을 뚫고 앞으로 나아갔다. 마침내 그가 모두를 뚫고 모습을 드러냈을 때 젤레즈니 여왕은 작게 소리를 질렀다.

황제와 가르젠도 어찌 반응할지 몰라 얼음으로 만든 조각상처럼 가만히 있었다.

─대장장이 왕. 그대가 대장장이 왕이군.

침대까지 다가간 라토가 토해 내듯 그렇게 외쳤다. 가르젠은 망설임 끝에 그를 막으려다가 황제를 보았고 황제는 작게 한숨을 쉬며 말했다.

–마법사 왕이네.

황제가 그렇게 말하고 손을 휘휘 저어 호위병들이 접근하지 못하게 했다. 마법사 왕이 미쳐서 대장장이 왕을 죽인다고 해도 나쁠 것이 없었다. 오히려 좋은 일이었다. 그는 총명한 마법사 왕의 동생이 권좌에 오르게 돕고 마법사 왕국을 실질적으로 지배할 수도 있었다.

에이어리는 고통 중에 눈을 떠서 자기 앞에 서 있는 마법사 왕을 보았다. 에이어리는 그의 눈에 고인 눈물을 보고 놀랐다.

–가엾게도 가슴을 다치다니. 그대는 위대한 대장장이 왕이니 이렇게 사소한 것들에 방해를 받아서는 안 되지.

라토가 손을 들었고 주위 사람들의 눈이 멀 만큼 하얀빛이 손에서 나왔다. 모두가 똑바로 바라보지 못하고 고개를 숙였다. 황제조차 그렇게 해야 했다. 그사이 라토는 빛나는 손을 에이어리의 가슴에 난 상처에 대고 외쳤다.

–이제 어떤 무기와 발톱으로도 그대의 생명을 다치게 할 수 없을 것이다. 마법사 왕의 권능으로 말한다.

라토의 손에서 나온 빛이 에이어리의 몸으로 흘러들었다. 에이어리는 강한 생명력이 몸에서 꿈틀거리는 것을 경험했다. 침대 모서리를 잡은 손가락에 힘을 주면 침대를 부술 수 있을 것만 같았다. 에이어리가 힘을 주었지만 침대는 다행히 멀쩡했다.

라토는 빛이 사라진 손을 확인하고 임무를 마친 병사처럼 만족스럽게 쓰러졌다.

마법사 왕을 뽑는 절차에 대해

제국에 알려진 것은 일부분이다.

그에 따르면 여섯 보석으로 대표되는 가문마다

젊은이를 한 명씩 내보내어 달리기, 창 던지기, 씨름,

그림 그리기, 시 짓기, 말타기 등의 종목으로

경쟁해서 우승자를 가린다.

모든 종목은 육체나 두뇌는 물론이고

결국에는 마법을 잘 활용한 자가 승리할 수 있도록

세심하게 조정되어 있다고 전한다.

에메랄드 가문을 대표하는 라토는 비교적 쉽게

우승했는데 이는 강력한 경쟁자로 예상되었던

루비 가문의 카르멘이 불참한 탓이다.

나머지 네 가문은 에메랄드 가문과 루비 가문의

뒷거래를 성토했지만 이후에도 카르멘의 선택을

명확하게 설명할 수 있는 사람은 없었다.

XV

오카브가 이야기를 지어내는 동안
에이어리가 신전을 벗어나 달아난다

대장장이 신을 섬기는 신전이 산꼭대기에 있는 것은 신전에서 세상을 내려다볼 수 있게 하려는 의도였다. 산을 깎아서 만든 것은 대장장이 신의 자연을 다루는 능력을 드러내기 위해서였다. 그리고 그곳에는 연원을 알 수 없는 창조의 기둥이 있었다.

오카브의 집은 신전이 있는 꼭대기 층보다 한 단계 낮은 지대의 작업장 사이에 낀 오두막집이었다. 신을 실망시킨 사람으로서 그는 높은 곳에 머물 배짱이 없었다. 젊은 나이에 은둔하게 된 그에게 유일한 기쁨은 대장장이 왕을 가르치는 것이었다.

그는 무엇도 이루려 하지 않고 편안하게 살았다. 태양이 떠올라 높은 땅의 신전을 비추자 그의 집은 그리 어둡지 않은 그림자로 덮였다. 그러다가 창문으로 빛이 쏟아지기 시작했는데 오카브는 대낮처럼 밝은 곳에서도 편히 잘 수 있는 재주가 있어 일어나지 않았다.

오카브는 자신이 스스로 일어나기 전에 누가 깨우는 것을 싫어했다. 대장장이 신의 사제들은 모두 그 사실을 잘 알고 있었다. 그래서 오카브는 누가 나무 문을 부술 듯이 두드리는 것을 듣고 잠결에 욕을 했다.

상대는 문틈으로 새어 나온 욕을 들었는지 잠시 움찔했다. 오카브는 만족하고 다시 잠이 들었다. 그러나 다시 문을 두드리는 소리가 들렸다. 그 정도면 중요한 일이 분명해서 대장장이 왕의 스승도 어쩔 수 없이 일어났다.

문을 여니 처음 보는 얼굴이 나왔다. 오카브는 잠시 생각한 끝에 그가 누구인지 깨달았다. 이제 겨우 두 번 정도 보았을 뿐이라 얼굴을 아직 외우지 못했다.

– 무슨 일입니까, 새로운 테커?

– 저, 그냥 테커라고 부르시면 됩니다. 사제장님이 집으로 오라고 찾으십니다.

사제장 테커가 세상을 뜨면서 그의 자리를 이어받게 된 젊은 테커가 머리를 긁적였고 그의 풍성한 머리는 왠지 그를 더 애송이처럼 보이게 했다.

– 사제장? 가르젠이? 자기 집으로 오라고 했다고요?

– 그렇습니다.

- 테커, 사제들은 모두 평등한 관계이니 며칠 전에 들어왔다고 사제장의 심부름을 할 필요는 없습니다. 다음부터는 사제장처럼 기운이 넘치는 사람이 직접 오라고 해요. 에크, 그랬으면 문이 박살이 났겠군.

- 저, 며칠 있으면 들어온 지 일 년이 됩니다.

- 벌써 그렇게 되었나? 아무튼 같이 갑시다. 사제장은 날 손가락 하나로 들어서 산 아래로 던질 수도 있는 사람이니까 거역할 수 없지요.

테커는 오카브가 잠옷을 입은 채로 앞장서자 당황했다. 오카브는 자기가 무슨 행동을 해도 테커가 당황할 것이라고 생각했다.

- 그런데 가르젠의 집이 어디인지 혹시 아십니까?

테커는 오카브의 예상대로 다시 한번 당황하더니 자기를 따라오라고 했다. 계단을 올라가면서 앞사람의 풍성한 머리를 보고 있자니 괜히 두피가 간지러워졌다.

테커는 그를 가르젠의 집 앞까지 인도하고 사라졌다. 오카브는 귀찮은 듯이 문을 두드렸다. 문이 열리고 여전히 산처럼 거대한 가르젠이 나왔다. 그의 어깨가 문틀에 걸릴 것처럼 보여서 오카브는 웃음이 나왔다.

다른 집보다 문을 크게 만들 생각은 어째서 하지 않았을까?

그도 대장장이다 보니 인간의 규격에 얽매여 있구나. 문의 크기 따위는 자기가 편한 대로 만들어도 괜찮은데 따위의 생각을 하며 오카브는 처음으로 가르젠의 집 안으로 들어갔다.

그는 벽에 걸린 무기와 사냥한 짐승 머리와 바닥에 깔린 카니세리움 가죽으로 가득한 집을 상상했었다. 그러나 가르젠의 집에는 그렇게 자극적인 물건이 없어서 실망스러웠다. 무기의 사제가 사는 집으로 보이지 않았다.

–그래, 왜 저를 부르셨.

오카브는 말을 잇지 못하고 바닥을 보았다. 그곳에는 안에 들어가서 누워도 될 만큼 큰 대장장이 왕의 문자가 있었다. 그것도 바닥에 물감을 칠한 것이 아니라 나무 바닥을 일부러 칼 끝으로 투박하게 파서 새겨 놓은 것이었다. 무늬가 복잡하게 얽힌 것은 이야기가 길다는 뜻이었다.

–대장장이 왕께서는 제가 숙직하는 날을 노려 제가 해석할 수 없는 고등한 문자로 이런 짓을 하셨습니다. 대장장이 왕 본인이나 한때 왕이었던 사람이 아니면 해석할 수 없습니다.

오카브는 입술에 침을 묻혔다.

–아, 이건 정말 어렵군요. 대장장이 신의 권능이 없으면 절대로 해석할 수 없을 겁니다.

–오카브 님, 농담하지 마십시오. 아무도 읽을 수 없다면 대

장장이 왕께서 쓰지 않으셨겠지요.

　- 그렇다면 에이어리를 부르십시오. 직접 물으면 되지 않습니까?

　- 보이지 않습니다. 아침부터 지금까지 신전을 샅샅이 뒤졌습니다.

　오카브는 이미 그런 줄 알고 있었다. 대장장이 왕의 문자가 말하는 내용이 그것이었다.

　- 어서 해석해 주십시오.

　- 이건 그냥 옛날이야기입니다.

　- 어떤 이야기 말입니까?

　오카브는 문자를 읽는 동시에 이야기를 지어냈다.

　가장 먼저 보이는 것은 대장장이 왕이 신전을 떠난다는 내용이었다.

　- 옛날에 어느 마을에 아름다운 아가씨가 살았는데.

　그는 동행인이 있다고 말했다. 말하지 않아도 데스커드일 것이 뻔했다. 데스커드는 에이어리가 죽으라고 하면 기꺼이 죽을 사람이었다.

　- 부모님이 없었답니다.

　그는 세계를 더 크게 만들었다. 아니, 제대로 해석하면 그것은 자신이 아는 세계를 넓힌다는 뜻이었다.

- 어느 날 요정을 만나게 되지요.

에이어리는 만나고 싶은 사람이 있다고 했다. 그는 황제를 보고 싶다고 당당하게 밝혔다.

- 요정은 사실 악한 존재였습니다.

그리고 젤레즈니 여왕을 만나겠다고 적어 놓았다. 스승에게 줄 편지를 받아서 돌아오겠다고 했다.

- 이 망할 놈이.

- 그렇게 적혀 있습니까?

- 아니요, 글씨를 너무 엉망으로 써서 잠시 화가 났습니다. 요정이 아가씨에게 저주를 걸었군요.

숫자가 보였다. 에이어리는 자신이 열여섯 살이 된 것을 강조하고 있었다. 이제 성인이 되었으니 대장장이 왕으로 세상에 나가 보기를 원했다.

- 아가씨는 열여섯 살 생일이 되면 죽을 운명이랍니다.

에이어리는 책에서 보고 알게 된 여러 명소를 언급했다. 8년 전 침대에 누운 채로 방문했던 전쟁의 도마도 그런 장소 중 하나라고 했다.

- 그렇게 되지 않으려면 세계의 명소 일곱 곳을 방문해야 합니다.

에이어리는 마지막으로 가르젠이 가끔 자기 집 바닥의 문자를 보고 분통을 터뜨리거나 발끝이 걸린다면 재미있을 거라고 써 놓았다.

－그런데 여행 도중에 다리를 걸려 넘어졌다는군요. 그래서 죽었답니다. 이야기는 비극으로 끝났습니다.

－오카브 님이 이야기를 만드시는 재주는 잘 알겠습니다. 그러니 이제 솔직히 털어놓으십시오. 우리의 왕께 무슨 일이 일어난 겁니까?

오카브는 길게 고민하지 않았다. 에이어리가 벌인 무모한 행동에 화가 나기도 했고, 굳이 가르젠의 집에 그런 장난을 친 것은 밝혀도 좋다는 뜻이나 다름없었다.

－에이어리는 세상에 대한 호기심과 공명심에 눈이 멀어 집을 나갔습니다. 자기를 개처럼 따르는 경호원 녀석도 같이 데리고 갔어요.

가르젠이 욕을 내뱉으며 탁자를 주먹으로 내리치자 파편이 사방으로 튀며 부서졌다. 오카브는 그 모습을 보고 대자연을 보는 것처럼 마음이 겸손해졌다.

－어디로 가셨습니까?

－정확히 어디부터 간다고 밝히지는 않았습니다. 황제도 만나고 명소도 구경하겠다는군요. 어쩌면 젤레즈니도 구경하고 싶답니다.

오카브는 일부러 젤레즈니 여왕의 편지 이야기는 꺼내지 않았다.

가르젠은 서둘러 신전으로 달려가 다른 사제들에게 소식을 전했다. 오카브는 그를 따라가느라 숨을 헐떡이면서도 구경 거리를 놓치고 싶지 않아 힘을 냈다. 에이어리에 대한 소식을 듣고 사제들은 절망하거나 즐거워했다. 사실 즐거워하는 사 람은 자랑스러워하는 콧수염에 세월이 쌓여 서리가 낀 탈와 르뿐이었다.

-사제장, 왕은 남에게 쉽게 해코지를 당할 분이 아니니 크 게 걱정할 필요 없소. 데스커드는 겉보기에 멍청한 시골 청년 처럼 보이지만 이제는 나조차 당해낼 수 없지. 그 녀석은 왕의 눈에 모래도 안 들어가도록 보살필 거요. 문제는 누가 가서 왕 을 다시 모셔 오는가인데.

그 말을 듣는 순간 오카브와 가르젠의 눈에 광채가 일었다.

-스승님하고 가르젠하고 사제들은 지금쯤 분통을 터뜨리 고 있을 거야, 데스커드.

신전에서 멀리 떨어진 곳에서 에이어리는 그렇게 말하면서 낄낄거렸다. 어린 시절의 흔적이 아직도 남아 있었다. 검고 윤 기가 나는 머리카락과 눈에 비해 다소 작은 코와 입과 귀가 특히 그랬다. 아직 성장이 끝나지 않은 몸은 가늘지만 강하고 유연했다.

– 왕이시여, 저는 크게 곤욕을 치를 겁니다. 돌아가면 스승님들이 저를 가만두지 않으실 거예요.

데스커드는 그렇게 말하면서 울상을 지었다. 헐렁한 옷에 가려진 다 자란 몸은 에이어리보다 훌쩍 컸다. 지난 8년 동안 가르젠과 탈와르의 지도를 받은 몸은 겉보기보다 많은 힘과 재주를 담고 있었다. 지팡이 삼아 손에 든 막대기는 유사시에 군대와 상대하고도 남았다.

– 걱정하지 마, 데스커드. 너라면 쫓겨나도 어떻게든 일자리를 구할 수 있을 거야. 제국에도 너와 필적할 사람은 많지 않을 테니까.

– 무슨 말씀이세요? 저는 언제나 대장장이 왕의 곁을 지켜야 하는 운명인데요.

데스커드의 말은 아부 같은 것이 아니었다. 대장장이 왕이 회합에서 돌아온 다음부터 그의 인생은 오로지 대장장이 왕을 지킬 사람이 되기 위한 준비에 바쳐졌다. 어린 시절 각인된 결심은 어른이 되어서도 바래지 않았다. 대장장이 왕의 무모한 여행을 함께하는 것도 그를 지키기 위함이었다.

– 알겠어, 알겠어. 그나저나 이제 나를 왕이라고 부르는 것

은 그만둬야 해. 정체를 함부로 들키면 곤란하단 말이야. 나는 어느 귀족 도련님으로 행세할 테니 너도 나를 도련님이라고 불러.

- 귀족이라면 이름만 듣고도 가문을 알 수 있을 텐데요. 그건 어떻게 하시려고 그러세요?

- 나는 젤레즈니 왕국의 한미한 가문 사람을 연기할 거야. 이 근방에 젤레즈니 왕국 사람은 거의 없을 테니까 문제없어. 그리고 그 나라 사람들도 시골 귀족까지 전부 알지는 못해.

- 가문 이름이 뭔데요?

- 가문 이름? 흠, 글쎄.

- 지난 8년 동안 쉬지 않고 역사를 공부하셨잖아요. 그중에 쓸 만한 이름이 없었나요?

- 역사에 나올 정도면 유명한 가문이란 말이야. 그런 이름을 대다가 아는 사람이 나오면 피곤해져.

그들이 이름을 생각해 내려고 할 때 멀리서 마차 한 대가 오는 것이 보였다. 두 사람은 도망자치고는 대담하게도 황제의 길에 들어서 있었다. 에이어리가 젤레즈니 여왕이 선물한 장화를 아낀다고 좋은 길을 걷겠다며 고집을 피운 탓이었다. 장화는 이미 여러 번 수선을 거쳐 낡을 대로 낡아 있었다.

두 사람이 길 한가운데를 걷고 있었기 때문에 마차는 그들

앞에 멈췄다. 데스커드가 비키자고 제안했으나 에이어리는 싫다고 버텼다. 마차는 예사로 쓰이는 짐마차는 아니었으나 딱히 고급스럽지도 않았다. 트라이버가 만든 마차에 탄 적도 있었던 에이어리가 보기에는 그랬다.

─ 왜 길을 막는 거냐? 빨리 비켜라.

마부가 소리치자 에이어리가 참지 못하고 대꾸했다.

─ 네가 피하면 되지 네가 뭔데 귀족에게 그런 식으로 말하는 거냐?

그 말을 듣고 마부는 얼굴이 붉게 달아올랐다. 마차 객실 문이 열리고 뚱뚱한 얼굴 하나가 튀어나왔다.

─ 귀족이라고? 그대가 귀족이라는 거요?

─ 그렇소. 젤레즈니 왕국의 한미한 가문 출신이지만 당당한 귀족이오.

에이어리는 아직도 가문 이름을 생각해 내지 못해서 그렇게 말했다.

─ 젤레즈니 왕국이라.

뚱뚱한 얼굴에 비웃음이 퍼졌다.

─ 나는 제국의 펠리스 가문 출신이오. 그러니 내 하인의 실수를 용서해 주시오. 그리고 얼른 길옆으로 비키면 감사하겠소.

─ 펠리스?

에이어리는 세상에서 제일 오만한 핏줄에 대해 들었던 내용을 떠올렸다. 그들은 황제의 친척인 동시에 제국에서 영향력이 가장 강한 집단이었다.

데스커드는 어떻게 해야 할지 모르는 얼굴로 에이어리를 쳐다보았다. 데스커드는 정말로 펠리스 가문에 대해 모르기 때문에 한 행동이었다. 그러나 뚱뚱한 귀족의 눈에는 데스커드가 두려워하는 것처럼 보였다.

─ 펠리스 가문 분이셨군요. 어쩌다가 이런 변방까지 오시게 되었습니까? 여기는 고귀한 혈통이 올 만한 장소가 아닌데요.

남자는 대답을 망설였다. 에이어리는 예를 표하며 마차 가까이 다가섰다. 마부는 그를 말리려다가 주인의 표정을 보고 그만두었다. 그는 펠리스 가문 특유의 뽐내는 표정으로 수염을 만지작거리고 있었다.

에이어리는 객실 옆에 가서 안쪽을 보고 그의 부인과 아들과 딸을 확인했다. 가족 전체가 마차에 타고 있었다. 가족의 표정에는 개운하지 못한 꺼림칙한 구석이 있었다. 보자기로 싸 놓은 짐은 아무리 봐도 급히 챙긴 것처럼 보였다.

위세를 떨치는 펠리스 가문 사람이라면서 낡은 마차 한 대에 급히 싼 짐을 싣고 있다. 따르는 하인도 고작 마부 한 명뿐이다. 에이어리는 아무것도 모르는 시골 귀족 청년을 연기하며 다시 물었다.

－여기는 어떻게 오셨습니까?

－이 근방이 경치가 좋다고 해서 여행차 들렀네. 그대는 어떻게 고국에서 멀리 떨어진 이곳까지 오게 되었는가?

－세상을 떠돌며 구경하는 것은 젊은이의 특권입니다. 아버지의 지위를 물려받기 전에 반드시 치러야 할 의식입니다. 젤레즈니만의 풍습이지요.

에이어리가 되는 대로 지껄였지만 상대는 그 말을 다 믿는 것 같았다.

－그렇군. 아주 훌륭한 풍습이야. 아주 훌륭해.

그의 말은 인형에서 나오는 것처럼 공허했다. 부인이 그의 옆구리를 찌르는 동안 자녀들은 에이어리를 두려운 눈으로 보았다.

－우리는 이만 가 봐야겠어. 저녁이 되기 전에 마을에 도착해야 하니까 말이야. 그래, 젤레즈니의 귀족, 이름은 무엇인가?

－제 이름은.

에이어리는 잠시 망설이다가 미소를 지었다.

－에이어리. 에이어리 젤레즈니입니다.

당장 기억나는 성이 그것밖에 없었다.

- 그렇다면 왕족이시오?

- 아주 먼 조상이 그랬습니다. 지금은 시골에 작은 영지가 있을 뿐입니다.

- 몰라뵙고 실례를 범했소.

- 그렇지 않습니다. 귀하는?

- 나는 하자젤, 하자젤 펠리스입니다.

- 잘 기억해 두겠습니다, 펠리스 님. 대장장이 신이 인도하시면 다시 만나겠지요.

하자젤 펠리스는 얼굴을 찌푸렸다. 제국 사람들은 대장장이 신을 언급하기도 싫어한다더니 정말인 모양이었다.

- 그, 그러기를 바랍니다.

에이어리와 데스커드는 정중하게 길을 비켜 주었고 마차는 도망치듯 달렸다. 에이어리는 마차가 사람의 마음을 흉내 낸다는 사실에 놀랐다. 마차에 타고 있는 사람들은 정말로 도망치고 있었다.

- 거만하게 굴길래 마차 바퀴라도 뺄까 하다가 그만두었어. 저 사람들은 불쌍하게도 쫓기고 있어.

- 정말 거짓말에 능숙하시군요, 도련님. 에이어리 젤레즈니라니요.

- 네가 날 도련님이라고 부르는 것도 따지고 보면 거짓말이야.

  - 하지만 저는 도련님이 시키는 거짓말만 합니다. 도련님은 본인이 원해서 거짓말을 만들어 내시지요.

  에이어리는 데스커드와 마주 보고 흥겹게 웃은 다음 뒤돌아보았다. 마차는 이제 점처럼 작게 보였으나 여전히 떠는 것 같았다.

  - 데스커드, 젤레즈니 왕국에 가려면 이쯤에서 왼쪽으로 꺾어야 하지?

  - 그렇죠.

  - 그렇다면 길을 따라 죽 가자고. 저 잘났다는 펠리스 가문 출신이 도망치는 걸 보니까 젤레즈니보다 제국에 먼저 들르고 싶어졌어. 대체 무슨 일이 벌어지는 걸까 싶어서 말이야. 괜찮겠지?

  - 저야 도련님이 가자 하시는 곳으로 갈 수밖에 없죠.

  그 시각 하자젤은 에이어리라는 이름을 기억에서 건져 올리려고 애쓰고 있었다. 흔하지 않은 이름인데 예전에 들은 적이 있었다.

  - 설마.

  마차가 갑자기 멈추었다. 하자젤은 마부석 커튼을 열었다.

마부가 보이지 않았다.

– 이봐, 어디에?

말이 끝나기 무섭게 객실 문이 열렸다. 검은 옷을 입은 사람들이 칼을 휘두르자 하자젤과 그 가족들은 순식간에 목숨을 잃었다. 그들이 비명을 질러도 가까이에는 들어 줄 사람이 없었다.

그나마 가장 가까이 있는 에이어리와 데스커드의 귀에는 아무 소리도 들리지 않았다. 둘은 해가 지기 전에 제국에 한 걸음이라도 가까워지려고 서둘러 걸었다. 그들이 시간을 확인하기 위해 고개를 들었을 때 죽은 가족의 피가 스며든 것처럼 저무는 해가 더 붉게 보였다.

✦ 작품 해설 ✦

이야기 숲에서 비밀 지도 그리기

오세란 문학평론가

다시 찾아 온 본격 판타지의 의미

「스무고개 탐정」 시리즈로 어린이 독자를 사로잡았던 작가 허교범이 『대장장이 왕』으로 다시 한 번 독자에게 모험적인 도전장을 던졌다. 독자를 깊고 웅장한 이야기 숲으로 초대한 후, 입구에서 지도도 나침반도 주지 않고 홀로 떨구어 놓는다. 그가 대작에 강한 작가임은 이미 입증된 사실이지만, 한국 판타지 소설의 최근 출판 경향에서 독자에게 이러한 대서사시를 건네는 것은 쉽지 않은 결단이며 청소년 독자에 대한 무한

317

한 신뢰다.

즐길 오락거리는 풍성한데 비하여 시간은 충분하지 않은 현대인들은 문화의 향유조차 시간 가성비에 따라 움직인다. 오랜 집중을 필요로 하는 작품보다 한정된 시간 내에 즐길 수 있는 이야기를 선호한다. 특히 학업과 학업 사이 아주 짧은 시간 동안 쉴 수 있는 청소년 독자들은 하루 분량의 웹툰, 웹소설, 모바일 게임으로 몰린다. 청소년 판타지 문학이 단편집이나 앤솔로지 중심으로 출간되는 것을 보아도 알 수 있다. 때로 웹소설은 분량이 길다고 느낄 수도 있지만 웹소설이야말로 하루에 한 편 정도 읽을 수 있을 분량을 연재로 누적하는 모양새다.

이러한 최근 경향은 작품 내용에도 변화를 가져왔다. 독자가 기억할 수 있는 범위의 인물과 배경으로 이야기를 전개해야 하므로 현재 우리가 사는 공간을 활용한 어반 판타지 (Urban Fantasy)가 대세이며, 이는 현대 사회의 접합 지점을 반영하거나 풍속을 재현하는 결과를 낳는다. 독자에게 익숙한 시공간을 작품 속 판타지 공간으로 삼기에 독자는 집중력을 필요로 하는 시간과 에너지를 줄일 수 있다. 그러나 이러한 이야기로는 독자가 마음껏 길을 잃고 헤매다 서서히 서사의 줄기를 찾아 나가는 여유와 자유를 느끼기 힘들다.

『대장장이 왕』을 읽는 순간 독자는 이 작품이 얼마나 큰 이야기를 품고 있는지 어렴풋이 짐작하게 된다. 이 작품은 최근 판타지와 차별되는 정통적이고 클래식한 하이 판타지의 세계로 우리를 안내한다. 우리가 사는 현실 세계가 아닌 신화적 공간을 화폭으로 삼은 선이 굵고 큰 그림이다. 독자는 이 작품의 설계도를 알지 못하므로 이야기 숲의 입구에서 탐험을 포기하고 돌아 나올지 기꺼이 길을 잃은 여행자가 되어 등장인물과 기나긴 여정을 떠나야 할지 결정해야 한다. 기나긴 순례 길에 오르기로 결단했다면 이 작품의 지도를 만드는 작업은 이제 작가의 몫에서 독자의 과제로 넘어온다. 새롭게 찾아 온 본격 판타지, 『대장장이 왕』에 감추어진 비밀을 신중하게 그러나 과감하게 찾아 나가는 임무가 독자에게 맡겨지는 순간이다.

상상의 지도를 만들어 가는 즐거움

이제 먼저 1권을 읽은 사람으로서 독자의 지도 제작을 위해 몇 가지 조언을 드리고자 한다. 다만 나 역시 후속 편을 읽지 못했으므로 이 조언은 주관적 예측에 불과함을 미리 말씀드린다. 작품 속 세계는 거대한 제국을 꿈꾸는 한 나라가 작은 나라에 영향을 미치는, 중심 국가와 주변의 나라들로 나뉜다. 소규모 전쟁이 발생하여 제국의 황제와 작은 나라의 왕들이 모여 10년 기한의 평화 조약을 맺은 후 8년이 지난 시점에서 이야기는 시작된다. 평화 조약의 갱신을 앞두고 황제는 이를 기회로 삼아 작은 나라들을 완전히 장악하여 제국의 통치 아래 두고자 한다. 독자가 예상 가능한 전개는 제국의 음모에 맞선 작은 나라들의 저항과 연대다. 이 과정에서 중심과 주변의 갈등에 따라 어떤 국경선이 그어질지 상상해 볼 수 있다.

황제의 계략에 맞설 가장 강력한 상대는 제목에서 암시되듯 대장장이 왕이다. 기존 사료에서 '대장장이'는 고대 농경 사회에서 농기구를 제작하거나 전쟁에서 사용할 무기를 제조하는 뛰어난 능력을 가진 기술자이자 장인이었다. 대장장이의 능력은 종종 신에게 위임받았다고 여겨졌기에 여러 나라의 신화에 대장장이와 신의 밀접한 관계가 나타난다. 대장장이라는 직업이 가진 이러한 은유를 떠올리면 작품에서 대장장이 왕으로 선택되는 에이어리가 불을 지키는 소박한 소년

320

의 모습으로 등장하는 첫 장면조차 예사롭지 않다.

　대장장이 왕이 부재한 상황, 신화나 역사에서 왕을 찾아 나서듯 대장장이 신의 사제들은 왕이 될 인물을 찾아 세상 구석구석을 살피기 시작한다. 대장장이 신의 사제 가르젠은 여러 번의 실패 끝에 악의 소굴인 어느 시골 여관에서 일꾼으로 살던 소년 에퍼를 만나게 된다. 에퍼는 전쟁고아라는 뜻으로 그가 바로 여러 시험을 거쳐 대장장이 왕이 되는 에이어리다. 이 과정에서 에이어리가 보여 준 새로운 물건을 만드는 능력은 그의 왕으로의 자격을 뜻한다. 에이어리는 판타지 소설의 주인공이 대체로 그렇듯 세계의 끝에 숨어 있던 외로운 소년이다. 연약하고 소심해 보이던 소년 에이어리가 어떤 여정을 거쳐 청년으로 성장하고 대장장이 왕의 면모를 보여 줄지 독자들은 어느새 그를 응원하게 된다.

　한편 또 다른 작은 나라인 마법사 나라의 왕 라토와 그의 쌍둥이 동생 아리셀리스, 특히 동생인 아리셀리스 역시 주목할 필요가 있다. 그는 형 라토를 죽이고 왕이 된다는 저주에 가까운 예언을 들은 이후 왕궁에서 멀리 떨어져 세상을 떠도는 방랑자다. 그의 운명을 암시하는 복선은 독자가 그의 행보를 유심히 지켜보게 만드는 장치로 기능한다.

대중 영웅 서사가 대체로 힘 있는 남성에 의한 폭력과 전쟁 이야기라면 본격 판타지의 주인공들은 의외로 에이어리와 아리셀리스처럼 연약함과 방외자의 외로움을 간직한 인물이 적지 않다. 왜 이들이 가진 연약함과 외로움이 세계를 변화시키는 힘으로 변환되는가? 세상은 강한 자의 편처럼 보이지만 강한 자의 폭력은 폭력을 낳을 뿐이고, 실제로는 소외되고 약한 사람만이 세상이 어떻게 바뀌어야 하는지 온몸으로 실감하기 때문이다. 판타지 속 주인공이 자신의 십자가를 지고 두려움과 연약함을 넘어 용기를 낼 때 비로소 세상은 달라진다.

이 작품에서 용기를 내야 하는 중요한 인물들, 신의 능력을 위임받았다고 여겨지는 대장장이 왕 에이어리와 마법사 나라의 왕 라토와 아리셀리스는 1권에서 라토가 에이어리의 생명을 구하는 장면에서 암시되듯 앞으로 당분간 연대할 가능성이 높다. 그러나 끝까지 마법사와 대장장이 왕이 함께할지는 상상력을 좀 더 발휘해야 할 부분이다. 대장장이의 능력이 신에게 위임받은 강력한 힘이지만 마법사의 능력 또한 만만치 않기에 이 두 능력이 모아질지 아니면 쪼개질지 쉽사리 속단

할 수 없다.

다양하고 개성 있는 존재와의 만남

위의 인물들 이외에 현재 몰락한 숲의 나라, 스타인의 왕 무스텔라와 그의 아들 레푸스, 대장장이 신을 섬기는 일곱 사제들, 마법사 나라의 왕으로 에메랄드 가문 라토와 아리셀리스와 함께 마법을 구사하는 루비 가문의 카르멘, 괴물을 연구하는 스타인 출신의 박식한 박물학자 플리니, 젤레즈니 나라의 여왕 데네브 등도 앞으로의 활약이 기대되는 인물들이다. 이들이 점차 자신들의 욕망을 가시화하면 어떠한 다양한 관계의 선 긋기가 이어질지 알 수 없기 때문이다. 이 작품이 품위 있는 하이 판타지이면서도 때때로 중세 유럽, 어느 시골마을에서 벌어지는 시끌벅적한 저녁 식사 자리의 여흥처럼 유쾌한 것도 이 인물들이 펼치는 유머와 입담 때문인데 이것이 이 작품을 읽어 나가는 뜻밖의 매력으로 작용한다.

마지막으로 독특하고 개성 있는 존재, 괴물 카니세리움을 언급하지 않을 수 없다. 작품에 등장하는 『생물 사전』의 분류에 따르면 카니세리움은 괴물 중에 인간과 의사소통할 수 있는 지능을 소유하고 인간의 숭배를 받는 종인 영물 바로 아래 단계에 위치한 영리하고 강력한 종이다. 스타인 북동쪽의 산악 지대에 카니세리움을 숭배하는 사람들이 사는 마을이 있으며 그들은 일 년에 한 번 마을 젊은이 중 한 명을 제비뽑기해 카니세리움에게 제물로 바치기까지 할 정도로 카니세리움은 두려움의 대상이다. 제국의 황제는 특별한 생명체 카니세리움을 비밀 병기로 길들여 대장장이 왕으로 임명된 에이어리를 평화 조약 갱신을 위한 전쟁의 제단에 도착하지 못하도록 음모를 꾸민다. 1권 막바지에 펼쳐지는 카니세리움과 대장장이 왕 집단과의 전투 장면은 이 책에서 가장 박진감 넘치는 대목이다. 앞으로 카니세리움을 포함한 다양한 영물과 괴물의 등장을 기대한다. 카니세리움같이 현실 세계에 존재하지 않는 새로운 창조물과 그것들의 계보를 그려 보는 상상 역시 판타지를 읽는 즐거움이기 때문이다.

작가와 독자가 마주하여 대결하는 체스 게임

이 작품은 문학 장르 중에 현실 세계와 가장 거리가 먼 대척점에 위치한 판타지다. 그렇다면 이 이야기는 현실과 무관한 상상에 불과할까? 그렇지 않다. 인간의 모습을 바로 떠올리게 하는 알레고리가 적어질수록 도리어 이야기는 인간이 가진 감정의 본질을 가감 없이 드러낸다. 신화와 전설 속 원형 상징처럼 현대인의 삶에서 떨어진 머나먼 세계에서 인간의 감정 즉 사랑, 배신, 두려움, 연대, 슬픔, 외로움, 운명, 도전 등은 더욱 순정하게 빛난다. 1권은 앞으로 그것을 보여 주기 위해 터뜨린 신호탄이다.

　1권의 마지막 장, 1권의 중심 사건이 마무리된 8년 이후의 시간에서 이야기는 새롭게 시작한다. 청년이 된 에이어리는 그의 경쟁자였다가 단짝이자 호위 무사가 된 데스커드와 함께 대장장이들이 모여 살던 마을을 떠나 제국을 향한 본격적인 발걸음을 내딛는다. 이 마지막 장은 앞으로 인물들이 어떻게 헤쳐 모일지, 작품 속 각 나라의 지도는 어떤 국경선이 그려질지 추리하고 상상해 보자는 작가의 배려이자 2권의 출발선이다.

　책의 첫 페이지부터 마지막 이 해설까지 읽었다면 다시 첫 장으로 돌아가 2권의 예상 경로를 추적해 보자. 지금까지 주목하지 않았던 인물이 중요한 역할을 맡아 전면에 나서거나 잠시 등장했던 사건이 다른 이야기의 실마리가 될 수 있으며,

미처 이야기되지 못한 8년의 시간 안에 놀라운 사연이 숨겨져 있을 수도 있다. 그 상상은 체스 게임처럼 작가와 독자가 마주 앉아 펼치는 흥미로운 현재 진행의 대결이거나 작가가 숨겨 놓은 단서를 찾아내는 보물찾기, 독자의 예상이 맞아 떨어지거나 반대로 빗나가더라도 지극히 만족스러운 엄청난 조각의 퍼즐 맞추기가 될 것이다. 결국 이 판타지는 작가가 시작했으나 독자가 완성하는 서사로 도약할 것이다. 이렇게 첫 권을 손에서 놓지 않고 이야기 숲에 머물고 있어야 2권이 도착할 때까지 기다리는 시간을 견딜 수 있을 것이다.

대장장이 왕 1

젤레즈니 여왕 데네브가 한 곳에서 새로운 별이 나타나기를 기다린다

초판 1쇄 인쇄 2022년 8월 19일
초판 2쇄 발행 2022년 9월 30일

지은이 허교범
펴낸이 이승현

편집3 본부장 최순영
어린이 문학 팀장 박현숙
편집 김민정
키즈 디자인 팀장 이수현
디자인 진예리

펴낸곳 (주)위즈덤하우스
출판등록 2000년 5월 23일 제13-1071호
주소 서울특별시 마포구 양화로 19 합정오피스빌딩 17층
전화 02) 2179-5600   **내용문의** 02) 2179-5707
홈페이지 www.wisdomhouse.co.kr